collection

cascade

MICHEL GIRIN

LA SIRÈNE AUX YEUX D'OR

ILLUSTRATIONS DE
CATHERINE HUERTA

RAGEOT • ÉDITEUR

Collection dirigée par Caroline Westberg

ISBN 2-7002-2574-0
ISSN 1142-8252

LE SECRET DE LA MINE

– Donne, petite.

Les yeux baissés, Rumiko s'approcha jusqu'à discerner à la lueur d'une torche de résine les pieds de l'homme qui l'avait appelée. Ils étaient nus, solidement charpentés et crevassés de cicatrices. Le pouce gauche manquait. La fillette connaissait bien leur propriétaire, un homme dans la force de l'âge, sans méchanceté. Elle emplit sa louche de bois, s'agenouilla et la tendit à bout de bras, avec toute l'humilité de rigueur. Des mains qu'elle imagina larges et calleuses s'en emparèrent. L'eau fraîche gargouilla au fond d'un gosier desséché, dans un concert de claquements de langue et de grognements satisfaits.

Les bruits cessèrent. La louche fut reposée sur les mains tendues de Rumiko au lieu d'être jetée à terre, comme faisaient beaucoup d'hommes. La fillette inclina la tête jusqu'à ce que son front touche ses bras, murmura « domo arigato[1] », ramassa son seau à demi plein, se redressa et reprit son cheminement dans la galerie. Les yeux baissés, le visage lisse, elle allait d'un homme à l'autre, servant docilement à boire.

Mais Rumiko n'était pas née docile. Elle se contenait, soucieuse de ne pas faire honte à sa famille. Extérieurement, elle était aussi humble, aussi silencieuse et respectueuse que toutes les autres petites porteuses d'eau de la grande mine qui faisait la fortune des seigneurs de Sado la précieuse, l'île de l'or et des brouillards. Elle ne contredisait jamais les garçons, même quand ils proféraient les pires stupidités. Face aux adultes, elle fixait le sol, écoutait respectueusement et obéissait sans discuter.

Elle était devenue experte en pieds. À la seule vue du pied nu, maculé de boue rougeâtre, d'un travailleur, ou du pied en sandale de chanvre d'un contremaître, elle savait deviner âge, poids et même caractère. Seuls les pieds des samouraïs[2] lui restaient indéchiffrables : leurs épaisses socquettes de coton blanc ne laissaient rien voir de ce qui dévoile le caractère d'un homme.

Servant ceux qui y travaillaient, Rumiko

1. Merci beaucoup, en japonais.
2. Caste de guerriers d'ascendance noble.

franchit la galerie des Âmes mortes, qui avait enseveli trente-sept mineurs l'année du grand cyclone, quand une coulée de boue s'était engouffrée dans les cheminées d'aération. Puis elle déboucha dans la galerie des Pleurs, où couinaient en permanence les manivelles des vis sans fin qui montaient l'eau de la grande fosse jusqu'aux postes de lavage du minerai.

Les torches de résine allumées étaient rares autour des longs cylindres en planches de chêne des vis sans fin. Par souci d'économie, les tourneurs de manivelle travaillaient presque sans éclairage. C'étaient les hommes les plus rudes de la mine. La peau blanchie par l'obscurité, les épaules et les bras grossis par la manœuvre de leurs lourds engins, ils se relayaient toutes les deux heures, mangeant et dormant sur place. Quand ils remontaient en fin de semaine, pour faire inscrire leur travail sur le grand livre des comptes, la lumière les éblouissait. Ils ne restaient dans les quartiers d'habitation que le temps d'une partie de dés et d'un rapide passage aux chambres d'amour, puis ils redescendaient jusqu'au tréfonds de la mine. L'eau recommençait alors à circuler et le lavage du minerai pouvait reprendre dans les galeries d'exploitation.

Leur travail était dur et ils avaient toujours soif. L'eau qui suintait en permanence entre les planches des longs cylindres venait de la grande fosse ; elle était salée, imbuvable.

À chaque descente, Rumiko s'interrogeait sur ce qu'elle allait découvrir en arrivant à la fosse. L'eau que les hommes y pompaient pouvait être lisse comme la surface d'un bac, onduler doucement, ou même s'agiter à grand bruit dans la caverne qui l'emprisonnait. Son niveau changeait d'un passage à l'autre. Comme l'air du dehors, elle était froide l'hiver et tiède l'été. Elle irradiait parfois une étrange lueur bleutée.

– Donne, petite.

L'homme qui avait parlé était le tourneur de manivelle au pied tranché. Rumiko le servit en se tenant sur ses gardes. Le peuple de la mine disait à mots couverts qu'il n'était pas étranger à la disparition du samouraï borgne, celui qui faisait voler mains et têtes pour une peccadille.

C'était l'année précédente et l'intendant en personne était descendu dans les galeries, entouré de soldats qui avaient bâtonné hommes et femmes pour les faire parler. Il avait appris que le samouraï borgne s'était dirigé vers la grande fosse après avoir insulté une femme dans la galerie des Âmes mortes. Mais, malgré les volées de coups, personne n'avait pu se souvenir de l'avoir vu plus loin.

Le lendemain, l'intendant avait fait conduire jusqu'au bord de la grande fosse deux femmes du dehors, trapues et musclées comme des lutteurs, les cheveux noués en chignon et le visage hâlé. Elles s'étaient dénudées, avaient chaussé de petites lunettes dont la monture collait autour de leurs yeux et avaient disparu très longtemps sous l'eau. Quand elles avaient fait surface tout le monde les croyait perdues. Soufflant comme des chiens après une course, elles avaient échangé quelques phrases brèves, puis elles avaient plongé de nouveau.

À leur sixième tentative, la plus jeune avait brandi le sabre du samouraï borgne. L'intendant les avait fait plonger encore, à la recherche du corps. Mais elles ne l'avaient pas trouvé.

Les tourneurs de manivelle avaient été battus plus fort. Ils avaient persisté dans leurs déclarations. Nul n'avait rien vu, nul ne savait rien. L'intendant avait ordonné de faire voler deux têtes au hasard. Un homme s'était jeté à ses pieds, en criant :

– Très puissant seigneur, aucun de nous n'a rien vu, je le jure ! Mais certains ont cru discerner le souffle d'un homme qui descendait la galerie en se dissimulant. J'ose à peine l'exprimer, tant ce serait monstrueux. Peut-être l'honorable samouraï, pour des raisons que nos misérables têtes sont incapables d'imaginer, a-t-il voulu quitter la mine par la grande fosse. Peut-être s'est-il laissé attirer par la magie de la mer, comme ceux d'autrefois.

La déclaration scandaleuse avait été suivie d'un long silence. Parmi les multiples légendes de la mine, courait celle d'une poignée d'hommes qui s'étaient enfuis un hiver par la grande fosse, vers cette mer mystérieuse qui alimentait les rêves. Nul ne savait exactement comment ils s'y étaient pris, mais on racontait qu'ils avaient trouvé le moyen de respirer sous l'eau, dans des vessies de porc. Ils n'avaient pas été retrouvés.

Finalement, l'intendant s'était redressé de toute sa hauteur et avait jeté en faisant demi-tour :

– Qu'on coupe la moitié du pied droit de cet homme, pour son insolence.

L'ordre avait été exécuté sur-le-champ et le supplicié avait aussitôt pris pour tous le nom de Pied Tranché, pendant que le récit de ce qui s'était passé circulait à travers la mine plus vite qu'une coulée de boue. L'intendant avait seulement employé le mot

« insolence ». Il n'avait pas contesté l'allusion à une évasion, ni fait voler la tête de l'impertinent. Donc la légende était une réalité : la grande fosse communiquait avec la mer et des hommes s'étaient enfuis par là autrefois.

Cette idée fascinait Rumiko. Son esprit revenait sans cesse aux histoires incroyables que colportaient les condamnés venus du dehors. Ils décrivaient la mer comme une étendue infinie d'eau salée, sur laquelle étaient semées les mille îles de l'empire du Japon. Des pirates assoiffés de pillage et de massacre, des monstres mi-humains mi-marins, pouvaient en surgir à tout instant. Mais certains racontaient aussi que la mer était généreuse. Des hommes y pêchaient les poissons et les crabes dont les servantes des tables de l'intendant et des samouraïs récupéraient les restes pour leurs familles. Les algues de la soupe miso[1] y étaient récoltées par des plongeuses au corps enduit de graisse, comme celles que l'intendant avait envoyées à la recherche du samouraï borgne.

1. Soupe traditionnelle aux algues séchées.

L'ÉLUE

L'esprit plein de rêves, Rumiko poursuivit sa descente, servant trois autres tourneurs de manivelle. Son seau vide, elle remonta la galerie des Pleurs, puis celle des Âmes mortes, jusqu'au réservoir d'eau potable que remplissaient inlassablement les porteurs venus de la source. Elle y retrouva sa cousine Miyako, qui abreuvait les broyeurs de minerai de la galerie du Serpent. Petite et frêle, Miyako avait bien du mal à porter son baquet. Mais elle serrait les dents et faisait sa tournée sans se plaindre. Obéir et servir lui étaient naturels.

Tout en remplissant son baquet, Rumiko arrosa légèrement la main de sa cousine, pour jouer. Miyako recula d'un pas, l'air brusquement coupable, et se confondit en excuses :

– Pardonne-moi, gentille Rumiko. J'aurais dû me tenir plus à l'écart. Je t'ai gênée.

– Tu ne m'as pas gênée, répondit Rumiko. Je l'ai fait exprès, pour jouer.

– Mais nous ne devons pas jouer pendant le travail, s'étonna la fillette, baissant la voix parce qu'un contremaître approchait.

– Justement, souffla Rumiko entre ses dents.

Miyako ouvrit la bouche sans rien dire, ébahie. Rumiko en rit intérieurement. Sa cousine ne comprendrait jamais rien au plaisir de l'interdit. Elle souleva son seau plein, tourna les talons, descendit la galerie des Âmes mortes et la galerie des Pleurs, puis reprit sa distribution. Elle parvint aux marches de pierre et aux longues échelles de bambou qui menaient, de vis en vis, jusqu'au bord de la grande fosse.

À la dernière échelle, elle reconnut sans hésitation le pied décharné, à la peau crevassée, du tourneur de manivelle qui animait la vis plongeant dans l'eau de la fosse. C'était un vieil homme d'humeur toujours égale. On disait qu'il avait été enlevé très jeune par des pirates et qu'il avait appris leur langue. Il s'était échappé des années plus tard, à l'occasion d'un combat naval au large de Sado. Le seigneur l'avait chargé de traduire les supplications de pirates prisonniers, pendant que le bourreau les démembrait. L'homme avait commis l'erreur de traduire un peu trop précisément une bordée d'insultes à l'égard des ancêtres du seigneur. Il eut aussitôt la langue coupée et fut envoyé à la mine.

De tous les tourneurs de manivelle que Rumiko abreuvait à longueur de journée, il était le seul à la remercier. Ne pouvant le faire par la voix, il lui pinçait légèrement le menton entre le pouce et l'index. La première fois, la fillette avait eu horriblement peur et avait fait un bond en arrière. Puis elle s'était habituée. Elle n'en avait rien dit à ses parents. Elle avait juste avoué à son amie, Yoko la bancale, qu'un homme lui avait un jour touché le menton du bout d'un doigt. Yoko en avait été horrifiée.

Le vieux Langue Coupée rendit sa louche de bois à Rumiko et lui pinça doucement le menton de ses gros doigts rudes, comme à son habitude. Sans lever les yeux, la fillette osa la question qui lui brûlait les lèvres depuis plusieurs semaines :

– Honorable grand-père, est-ce que l'eau de la fosse vient vraiment de la mer ?

Elle s'en voulut aussitôt. Aucune fillette raisonnable ne se serait permis d'interroger un homme aussi directement et, de toute façon, le vieux tourneur de manivelle ne pouvait pas répondre.

Les doigts reprirent possession du menton de Rumiko et le soulevèrent. Elle ferma les yeux, attendant la punition de son insolence. Les doigts lâchèrent son menton. Elle entendit un léger chuintement et sentit, à travers ses paupières, une lumière éclairer son visage. Elle regarda entre ses cils. Le vieux tourneur de manivelle avait allumé une torche de résine. Il lui fit signe de regarder, éclaira le cuveau dans lequel se déversait l'eau de sa vis sans fin, et y cueillit un petit lambeau verdâtre, souple et luisant. Stupéfaite, Rumiko reconnut un lambeau d'algue semblable à ceux de la soupe miso, mais plus épais, plus ferme. Le vieil homme le lui tendit, lui faisant signe de goûter. Rumiko hésita un instant, puis elle osa. C'était bien de l'algue, plus salée, mais aussi plus savoureuse que dans la soupe.

La fillette demanda au vieil homme pourquoi il faisait tremper des algues dans le cuveau. Il expliqua par gestes qu'il ne faisait rien tremper, que le morceau d'algue avait été aspiré dans la grande fosse par la vis sans fin. Rumiko protesta :

– Mais il n'y a pas d'algues dans la fosse !

Avec un sourire amusé, le tourneur de manivelle descendit l'échelle qui menait aux éboulis du bord de la fosse. Rumiko le suivit. Il chercha de roche en roche, penchant sa torche sur l'eau, s'accroupit, puis se retourna vers la fillette avec un grognement joyeux. Ses doigts tenaient un morceau d'algue presque de la taille d'une main.

La deuxième vis sans fin de la chaîne fit alors entendre des gargouillis et son tourneur de manivelle cria :

– Oh, en bas ! Ton cuveau est vide ! Tourne donc, paresseux !

Le vieil homme tendit sa torche à Rumiko et grimpa les degrés de l'échelle à toute allure. Sa vis couina et aspira de nouveau l'eau de la grande fosse, remplissant le cuveau dans lequel pompait la deuxième vis de la chaîne, qui remplissait un deuxième cuveau, dont l'eau était reprise par une troisième vis, vers un troisième cuveau. Il y avait ainsi trente-deux vis successives dans la chaîne de la galerie des Pleurs, et aucune d'entre elles ne pouvait s'arrêter plus d'une poignée de minutes sans interrompre le fonctionnement des suivantes. Les tourneurs de manivelle étaient liés entre eux par une cascade montante en perpétuel mouvement, qui leur laissait à peine plus de liberté que les chaînes de fer aux forçats chargés de concasser le minerai.

Seule pour la première fois au bord de la fosse, la torche à la main, Rumiko tremblait d'émotion et de crainte. La surface de l'eau réfléchissait la lumière en la déformant légèrement. Comment les hommes qui s'étaient enfuis autrefois avaient-ils pu survivre là et trouver leur chemin ? Qu'y avait-il réellement de l'autre côté ? Des hordes de pirates sanguinaires et de monstres marins ? Ou bien un merveilleux paysage de collines verdoyantes au bord d'un océan plein d'algues, de poissons et de coquillages ?

Rumiko était née dans la mine. Ce qu'elle connaissait du dehors se limitait aux petits cercles de lumière et de verdure visibles à travers les grilles des bouches d'aération des galeries supérieures et au morceau de ciel surplombant les grands barreaux de fer entre les falaises qui entouraient les quartiers d'habitation. Si les histoires des hommes étaient vraies, le dehors s'étendait jusqu'à cette mer sillonnée de flottes pirates, sur laquelle les jonques de l'empereur emportaient l'or de Sado vers son richissime palais de la ville d'Edo[1].

Les mots mer, flotte, jonque, palais, ville, ne correspondaient qu'à des notions extrêmement vagues pour Rumiko. Elle s'était forgé par contre une image précise des pirates : des hommes gigantesques, plus

1. Aujourd'hui Tokyo, capitale du Japon.

durs et plus cruels que les samouraïs les plus durs et les plus cruels de la mine.

Une voix, derrière elle, la fit sursauter :

– De ce côté de la fosse, tu pourrais marcher dans l'eau sans te mouiller le ventre. Mais de l'autre côté, près du boyau qui conduit à la mer, l'eau est profonde comme la hauteur de trois hommes.

Celui qui avait parlé était le partenaire du tourneur de manivelle à la langue coupée, un petit homme aux pieds calleux qui arrachait la louche des mains de Rumiko, en redemandait une autre aussitôt qu'il avait bu et protestait à chaque fois qu'elle n'allait pas assez vite. Pieds Calleux poursuivit :

– Lorsque les hommes se sont enfuis, au temps de mon grand-père, le seigneur a fait trancher vingt têtes de tourneurs de manivelle et celle de l'intendant. Puis il a fait sceller une grille de fer à la sortie du boyau. Les barreaux sont très solides et trop serrés pour laisser passer un homme. La tige de fer que le samouraï borgne nous a vendue l'année dernière s'est pliée sur eux.

Le tourneur de manivelle au pied tranché, qui s'était approché, ajouta :

– Avant de se plier, la tige de fer a légèrement écarté deux barreaux. Assez pour qu'un enfant puisse passer. Nous t'avons choisie.

Rumiko ne put retenir un cri d'angoisse.

– Tais-toi, lui intima sèchement l'homme. Nous ne te ferons pas de mal. Mais si tu répètes un mot de ce que tu viens d'apprendre, si tu menaces de nous trahir, comme l'a fait le samouraï borgne, tu subiras le même sort que lui : nous te couperons en morceaux et les crabes de la fosse te dévoreront.

Rumiko tremblait de tous ses membres. Elle ne s'aperçut pas que le vieux tourneur de manivelle à la langue coupée avait descendu l'échelle et s'approchait dans son dos. La torche lui fut enlevée des mains et des doigts lui pincèrent le menton. Elle lâcha un petit cri de terreur. Le vieux Langue Coupée se montra, lui faisant signe de se taire. Pied Tranché ajouta en le désignant :

– Langue Coupée sait nager sous l'eau. Il t'apprendra.

LE MOUSSE DE L'HORIZON

Au même moment, immensément loin de Sado, dans une eau froide et tumultueuse, un jeune mousse épuisé et transi jetait ses dernières forces dans une tentative désespérée d'agripper un des filets déployés le long d'une haute coque noire. Une vague le submergea. Il se battit pour refaire surface, toussa, cracha. Un cordage frappa l'eau au ras de son épaule. Il l'empoigna d'une main, puis de l'autre. Des bras le halèrent comme un sac. Il bascula sur le pont. Des coups de pied le firent rouler dans un petit groupe de marins français serrés les uns contre les autres au pied du grand mât, sous la menace d'une dizaine de mousquets. Presque tous étaient blessés. Certains geignaient en demandant à boire.

Rien n'aurait permis d'imaginer un tel désastre quand la vigie de la *Victorieuse* avait déniché peu après l'aube une voile solitaire au large d'Ouessant. Prise en chasse, celle-ci s'était révélée une petite frégate remontant bien au vent, un corsaire ou un négrier peut-être, en route vers l'Afrique ou les Caraïbes. Sa flamme britannique la désignait comme un ennemi. La couleur uniformément noire de sa coque et le pavillon écossais qu'elle avait hissé en acceptant le combat expliquaient son nom : *Black Thistle*, le *Chardon noir*[1].

La *Victorieuse* avait tiré sa bordée la première, d'un peu trop loin. La réponse du *Chardon noir* avait déchiré la voilure et les haubans de la frégate française, brisant net le grand mât. Les deux navires s'étaient abordés. Leurs équipages s'étaient mitraillés à bout portant, puis entre-tués au sabre et au coutelas. En plein combat, une voix avait hurlé, dominant le tumulte :

– Feu à la Sainte Barbe ! Sauve qui peut !

Le feu avait pris dans la soute à poudre de la *Victorieuse* ! Une première déflagration avait secoué la frégate, puis une autre, plus violente, l'avait presque brisée en deux, arrachant la moitié du gaillard d'arrière. Un instant, les Français avaient cru que leur navire entraînerait avec lui le *Chardon noir* par le fond. Mais les mâtures entremêlées s'étaient brisées, libérant l'ennemi sous

1. Le chardon est l'emblème de l'Écosse.

les hourras des uns et les cris de colère des autres.

Le *Chardon noir* avait manœuvré pour repêcher les marins français prêts à se rendre. Jarnouen le mousse n'avait pas hésité. Il voulait vivre. Peu lui importait que ce fût sous un pavillon français, anglais ou écossais. Né près de Saint-Clément, sur la côte de Jersey, il avait grandi sujet britannique sans y prêter attention. Quand on est îlien, fils et petit-fils de pêcheurs de coquillages, la nationalité pèse bien moins que le souci de remplir la marmite familiale.

À la Noël de 1792, un recruteur de la jeune République française était venu discrètement frapper aux portes des cabanes de l'île, offrant de quoi acheter quatre gros pains par semaine pendant une année entière contre un engagement de mousse pour cinq ans. C'était une aubaine : un fils de pêcheur courait constamment le risque d'être raflé au coin d'une ruelle par les sergents recruteurs de la marine britannique, sans que la famille reçoive le moindre penny, ni même soit informée. Jarnouen avait signé, malgré les pleurs de sa mère et de ses sœurs.

Il avait découvert Brest et l'immense arsenal de la Penfeld. Il avait vécu trois mois la discipline et la routine d'un navire militaire au mouillage. Éviter les coups et les punitions avait eu pour lui bien plus d'importance que la condamnation à mort du roi de France, son exécution et la réouverture des hostilités entre la République française et une coalition menée par le royaume d'Angleterre. Avec la première sortie de la *Victorieuse* hors de la protection des batteries qui défendaient la rade, il venait de vivre son baptême du feu. Il avait vu mourir des hommes et la mer avait failli l'engloutir, comme elle avait pris son père cinq ans plus tôt, l'année de ses huit ans.

Il était épuisé. Quand il fermait les paupières, des images de violence et de sang passaient dans ses yeux. Peu lui importait où ce navire l'entraînait. Il était vivant !

TOUJOURS PLUS LOIN

Dans la mine d'or de Sado, Rumiko vivait ballottée entre l'excitation, la souffrance, l'espoir et la peur. L'ordre rigide de sa vie était rompu. Les repères qu'elle avait accumulés en douze années d'existence se trouvaient bouleversés.

Les tourneurs de manivelle de la galerie des Pleurs ne la considéraient plus comme quantité négligeable. Ils lui chuchotaient des encouragements, lui prenaient son seau, se le passaient de main en main pour qu'elle travaille plus vite et se fatigue moins. Ils avaient convaincu leur contremaître qu'elle les servirait mieux si, après avoir rempli un vieux réservoir de bois oublié en milieu de galerie, elle rayonnait de là avec son seau. La véritable raison était autre : ainsi, personne ne s'étonnerait que Rumiko fasse de rapides voyages depuis le grand réservoir d'eau potable de la galerie des Âmes mortes, puis qu'elle disparaisse un long moment dans les profondeurs de la galerie des Pleurs. Un des tourneurs de manivelle faisait alors le guet pour s'assurer que le contremaître n'approchait pas, tandis qu'un autre remplissait le seau de la fillette au vieux réservoir et servait lui-même ses camarades.

Libérée de sa tâche de serveuse d'eau, Rumiko apprenait à nager dans la grande fosse, sous le regard attentif du vieux Langue Coupée. C'était l'été, l'eau était calme et tiède. Mais la fillette ne l'en trouva pas moins inquiétante et terriblement salée. La première fois qu'elle perdit pied, elle en avala tant qu'elle crut mourir. Malgré son entraînement à obéir aux hommes en tous points, elle faillit se rebeller. Jamais elle ne pourrait plonger dans les profondeurs de cette chose noire et hostile. Le soir, elle mouilla de larmes le kimono de sa mère. Sous la caresse des doigts qui guérissaient de tous les maux, elle eut bien du mal à soutenir qu'elle pleurait parce qu'elle s'était tordu la cheville dans la galerie des Âmes mortes.

Sa mère la questionna tendrement, en insistant pour voir ses yeux. Rumiko ne parvint qu'à bégayer :

– Ce n'est rien... J'ai juste mal... Je ne veux pas... Je ne veux pas.

Sa mère lui prit les mains entre les siennes et demanda :

– C'est grave, Rumiko. Je le sens. Tu dois tout me dire, même si cela te fait honte. Est-ce qu'un homme… ?

Rumiko fit non de la tête. Aucun homme ne lui avait fait de mal. Mais plusieurs hommes lui commandaient l'impossible et elle ne pouvait en parler à personne.

– Raconte-moi, insista sa mère. Je ne dirai rien à ton père.

Si sa seule vie avait été en jeu, Rumiko aurait tout raconté. Mais sa mère ne pourrait pas cacher un fait aussi grave à son mari. Si ce dernier se taisait, la colère de l'intendant tomberait sur sa famille aussitôt les tourneurs de manivelle enfuis. S'il parlait, il condamnait les comploteurs, exposant sa femme et ses enfants à la vengeance de leurs complices. Rumiko devait garder son secret, pour protéger ses parents et ses frères.

Elle se tut. Le lendemain, un peu rassérénée, elle expliqua à sa mère d'un ton plus ferme :

– J'étais tombée hier et j'avais renversé mon seau sur un tourneur de manivelle. Il avait menacé de se plaindre au surveillant. Il ne l'a pas fait, heureusement.

Sa mère la regarda sans la croire tout à fait et lui demanda :

– Es-tu certaine de m'avoir tout dit ?

Rumiko opina. Sa mère, qui cherchait à lire la vérité dans ses yeux, s'apprêtait à poser une nouvelle question quand ses frères entrèrent, pressés d'être nourris. Protégée par leur présence, Rumiko se hâta de les servir.

Le lendemain, elle parvint à enchaîner cinq brasses et elle put donner le soir à sa mère l'impression que tout était vraiment rentré dans l'ordre. Elle progressait très vite dans son apprentissage. Langue Coupée était bon professeur et elle aimait le contact de l'eau. Nager lui procurait un bonheur intense. Elle sut bientôt mettre la tête sous l'eau sans boire la tasse. Il ne lui fallut ensuite que cinq jours pour découvrir combien il était fascinant de nager sous l'eau en retenant son souffle, lestée d'une pierre attachée à la taille. Son professeur l'accompagnait, lui montrant les gestes, évoluant avec aisance à côté d'elle dans ce milieu étrange. Ses yeux la piquaient et tout était flou, mais elle distinguait les formes des roches du fond, à la lueur des torches.

La honte que Rumiko éprouvait au début à se trouver presque nue dans l'eau en présence d'un homme, sous le regard de plusieurs spectateurs, était oubliée. L'approche de chaque séance la voyait vibrer d'impatience. L'après-séance la trouvait excitée, les yeux brillants, anxieuse de progresser encore. À tout moment, en portant son seau, en servant ses frères, ou sur son futon[1] avant de s'endormir, elle s'entraînait à retenir son souffle, jusqu'à ce que ses jambes deviennent molles.

Elle souffrait de ne pouvoir se confier. À son grand étonnement, quand elles se trouvaient seules ensemble, sa mère ne lui parlait plus d'humilité ni d'obéissance, mais lui racontait des histoires du monde du dehors, entendues dans les conversations des hommes.

Le jour où Rumiko s'engagea pour la première fois dans le boyau sous-marin qui reliait la grande fosse à l'extérieur, elle ressortit de l'eau avec un flot de questions à la bouche. Son professeur y répondit par gestes. Oui, la pâle lueur qui éclairait légèrement le boyau était bien la lumière du dehors. Oui, ce dehors était la mer, d'où provenaient les algues de la soupe, les poissons, les crevettes, les crabes et bien d'autres délices.

1. Matelas traditionnel japonais.

Le soir, dans le recoin familial, Rumiko dut mettre plusieurs fois une main sur sa bouche pour ne pas dévoiler ce qu'elle venait de découvrir. Elle y pensa longuement dans le noir, bercée par les respirations tranquilles de ses frères et de ses parents. Brusquement, elle se redressa, affolée : la lueur au bout du boyau ouvrait sur un monde où sa famille ne la suivrait pas.

Elle passa une nuit blanche, tiraillée entre l'envie de tout avouer et la crainte des conséquences de cet aveu. Le sommeil ne vint qu'à l'aube et sa mère dut la réveiller avant de prendre son poste à la laverie des contremaîtres. Son père et ses frères étaient déjà partis trier le minerai. Sa mère ne la gronda pas. Elle lui tendit un bol de soupe et lui glissa à l'oreille, de sa voix douce qui guérissait de toutes les peurs :

– Tu as beaucoup bougé cette nuit. Ne me dis rien. Je ne veux pas être obligée de raconter à ton père que tes cheveux ont un goût de sel quand tu rentres le soir. Va jusqu'au bout de ce que tu as commencé. J'en ai moi-même rêvé à ton âge.

Éberluée, Rumiko fixa sa mère qu'elle croyait incapable de la moindre révolte. Au fond des yeux tendres, derrière deux larmes brillantes, une petite lueur lui confirma ce qu'elle venait d'entendre. La bouche qu'elle adorait se colla de nouveau contre son oreille et lui chuchota :

– Moi non plus, je ne suis pas née docile. J'ai dû apprendre. Va, maintenant.

Jour après jour, avec des hauts et des bas, Rumiko progressa dans son difficile apprentissage. Le problème n'était pas tant d'avancer plus loin dans le boyau que de revenir. À l'aller, elle suivait son maître vers la lumière, avec enthousiasme. Au retour, elle nageait vers le noir, les poumons en feu, les bras et les jambes de plus en plus lourds, désespérant d'atteindre la fosse. Quand sa tête crevait enfin la surface, elle aspirait à grandes goulées l'air tant espéré. Elle était prise de vertiges. Ses membres ne lui obéissaient plus. Souvent, Langue Coupée devait la traîner jusqu'au bord en lui maintenant le visage hors de l'eau pour qu'elle ne se noie pas.

Elle voulait alors abandonner. Mais la lumière du jour au bout du boyau, les encouragements des tourneurs de manivelle, la fierté d'être devenue le centre d'une attention autrefois inimaginable et, surtout, la certitude que sa mère l'avait devinée et l'encourageait la poussaient à recommencer.

Deux mois à peine après la première leçon, alors que l'eau était très claire, Rumiko parvint à distinguer les épais barreaux de la grille au-delà de laquelle commençait le monde du dehors. Ce jour-là, elle revint plus vite que jamais et jaillit à la surface de la grande fosse en criant :

– Je l'ai vue ! Je l'ai vue ! Les barreaux sont gros comme mon bras !

Enthousiasmés, les tourneurs de manivelle la hissèrent hors de l'eau en lui demandant de décrire ce qu'elle avait vu. Plus tard, Rumiko remonta la galerie la tête pleine de rêves, au point qu'elle dut s'arrêter plusieurs fois en chemin pour laisser son cœur se calmer. Ce soir-là, elle fut incapable de cacher entièrement à sa mère ce qu'elle venait de vivre. La main qui guérissait de tous les maux dut lui fermer la bouche pour l'empêcher de trop en dire.

TU PARS !

Le lendemain matin, à peine son premier seau rempli, Rumiko se rendit compte qu'il régnait une atmosphère exceptionnelle dans la galerie des Pleurs. Les hommes étaient tendus, le visage dur. À son douzième ou treizième voyage, deux tourneurs de manivelle lui enjoignirent brusquement de descendre vers la grande fosse. Pied Tranché, qui l'attendait au bas de la troisième échelle, lui lança sèchement :

– Dépêche-toi ! Tu pars aujourd'hui.

– C'est impossible ! protesta Rumiko.

– Tu pars, répliqua l'homme. Maintenant.

– Mais je ne suis encore jamais allée jusqu'à la grille !

– Tu sais faire plus de la moitié du chemin, puis revenir. Le boyau débouche à l'air libre juste au-delà de la grille. Tu peux sortir. Il suffit d'oser.

– Et si je ne trouve pas le passage ? Si je n'arrive pas à franchir la grille ?

– Tu réussiras. Nous ne pouvons plus attendre. Le contremaître se doute de quelque chose. Un jour ou l'autre, il comprendra. Nous ne pouvons pas prendre ce risque.

Rumiko bondit vers l'échelle supérieure. Elle ne voulait pas mourir ! Mais à peine avait-elle grimpé deux barreaux que Pied Tranché l'attrapa et la jeta au sol sans ménagement. Une volée de gifles fit ballotter sa tête de côté et d'autre. Les joues en feu, elle entendit l'homme lui intimer :

– Tu pars. Allez, descends.

La vue brouillée par les larmes, Rumiko se releva et descendit vers la grande fosse, suivie de Pied Tranché. Les tourneurs de manivelle qui se trouvaient là leur emboîtèrent le pas, sans un mot.

Rumiko aurait voulu se débattre, crier, appeler au secours. Mais cela lui aurait seulement rapporté d'autres coups. Elle était contrainte de partir pour un voyage sans retour et elle cherchait désespérément comment prévenir sa mère. Atteindre la grille ne lui semblait pas insurmontable. Mais trouverait-elle les barreaux tordus ? Pourrait-elle se glisser entre eux ? Une peur panique de mourir noyée lui tordait le ventre.

Au pied de la dernière échelle, deux torches de résine éclairaient les éboulis de roches qui bordaient la grande fosse. Une dizaine d'hommes attendaient là, muets. Rumiko comprit que les tourneurs de manivelle au repos étaient venus assister à son départ. Elle s'accrocha à l'échelle en criant :

– Je ne veux pas ! Je ne veux pas !

Une main se plaqua sur sa bouche. Elle fut emportée comme un sac et déposée sans ménagement au milieu d'un cercle d'hommes au regard dur. Elle se recroquevilla sur elle-même. Jamais elle ne leur céderait ! Plutôt mourir !

Il n'y eut pas de cris, ni de violence. Le vieux Langue Coupée s'accroupit près d'elle, lui souleva doucement la tête et caressa sa joue du bout des doigts. Il lui montra un petit sachet de cuir sombre qu'il tenait à la main avant de le fixer à son cou par un fin lacet. Puis il détacha le collier de perles de verre qu'elle portait et le tendit à un jeune tourneur de manivelle que les autres appelaient Hiroshi le malin.

– Nous ne te voulons pas de mal, petite Rumiko, expliqua Pied Tranché. Il y aura tout à l'heure un éboulement dans la galerie. L'un de nous trouvera un morceau déchiré de ton kimono sous une roche. Les contremaîtres te tiendront pour morte et refuseront que nous perdions du temps à dégager le corps d'une simple porteuse d'eau. Cette nuit, Hiroshi le malin se glissera à travers les galeries, remettra ton collier à tes parents et leur expliquera ce que nous t'avons contrainte à faire. Ton père saura se taire : un de ses grands-oncles faisait partie de ceux qui se sont échappés autrefois.

Pied tranché laissa à Rumiko le temps de bien mesurer ses paroles, puis il reprit :

– Le sachet que Langue Coupée vient de t'attacher au cou est plein de poudre d'or. Elle te servira à payer des hommes du dehors pour scier un des barreaux de la grille. Si le barreau n'est pas scié dans un mois, nous tuerons tes frères, puis tes parents. Et quand l'un de nous te retrouvera, il te fera regretter de n'être pas morte avant. Est-ce clair ?

Rumiko aurait voulu bondir, repousser ce monstre et ceux qui l'entouraient, s'échapper. Mais le vieux Langue Coupée la tenait fermement. Elle décida de se noyer dans le boyau. Ainsi, sa famille serait épargnée.

Comme s'il lisait ses pensées, Pied Tranché précisa :

– Naturellement, tu n'as pas le droit d'échouer. Si tu te noyais dans le boyau, ta famille serait punie de la même façon.

Rumiko ferma les yeux, la gorge nouée. L'homme ajouta :

– Prépare-toi, maintenant. Langue Coupée t'accompagnera jusqu'à la grille. Il y retournera dans un mois voir si tu as rempli ta mission.

Rumiko tremblait de rage impuissante. Sans paraître y prêter attention, Langue Coupée l'entraîna à l'écart du cône de lumière des torches de résine et la fit descendre au bord de l'eau.

– Les barreaux tordus sont sur la droite de la grille, précisa Pied Tranché. Tends ta main droite.

Rumiko la tendit.

– C'est bien. Il te restera très peu de souffle quand tu arriveras là-bas. Tu devras repérer tout de suite le passage. Langue Coupée ne pourra pas t'aider : il lui faudra retourner aussitôt vers la fosse. Si tu te trompes, si tu vas sur la gauche, tu mourras. Tu as bien compris ?

Rumiko acquiesça. Langue Coupée l'entraîna dans l'eau et ils réalisèrent leurs exercices de respiration avec plus de soin que jamais. Puis ils s'éloignèrent en nageant lentement.

Devant l'entrée du boyau, ils plongèrent une première fois pour régler leurs mouvements et leur souffle. Puis le vieux s'approcha de Rumiko et lui noua une cordelette au poignet droit. Les doigts de la fillette reconnurent, attachée à la cordelette, la pièce de monnaie étrangère que le vieux portait au cou. Les hommes racontaient qu'elle venait d'au-delà des mers.

– J'en suis tout à fait indigne, honorable grand-père, souffla-t-elle, profondément émue, consciente que son professeur lui confiait ce qu'il possédait de plus précieux.

Pour seule réponse, le vieux se mit à respirer profondément et lentement, intimant ainsi à la fillette de se préparer à ce qui serait la plongée de son unique chance. Rumiko respira sur le même rythme. Très vite, plus rien n'exista pour elle que son souffle et la conscience des mouvements à accomplir. Quand elle se sentit prête, elle aspira une goulée d'air plus profonde encore que les précédentes, cassa le buste dans l'eau, les bras en avant, leva haut les jambes et s'enfonça. Elle tira une première brasse énergique vers l'entrée du boyau, puis une autre, puis une autre encore.

Brasse après brasse, l'image floue d'une immense grille se dessina. La fillette chercha les deux barreaux tordus, sans les trouver. Elle ne savait plus si elle devait se diriger vers la gauche ou la droite. Elle atteignit la grille, s'y agrippa. Ses poumons la brûlaient, son cœur battait la chamade. Luttant contre l'envie d'inspirer, de plus en

plus affolée, elle longea la grille, essayant au hasard de glisser sa tête entre des barreaux. Après deux tentatives infructueuses, perdant toute raison, elle voulut repartir vers la fosse. Une main prit possession de son bras et la ramena énergiquement vers la grille. Désemparée, au bord de la suffocation, Rumiko n'opposa qu'une faible résistance. Son visage fut plaqué dans un espace plus large que les autres. Une violente douleur lui déchira l'oreille gauche, mais sa tête passa. Dominant sa panique et sa douleur, elle glissa ses épaules et son torse à la suite. Une brusque poussée sur les fesses la propulsa vers la surface.

La pensée que le vieux Langue Coupée s'était sacrifié pour la sauver traversa son esprit. Un de ses talons cogna violemment la grille. La douleur lui fit ouvrir la bouche, qu'un flot d'eau salée envahit. Sa tête creva la surface.

LA SORCIÈRE

À demi inconsciente, battant furieusement des bras et des jambes, avalant et recrachant un mélange d'air et d'eau, Rumiko se noyait alors qu'il aurait suffi de mouvements bien coordonnés pour être sauvée.

Une traction brutale sur ses cheveux et son bras la hissa hors de l'eau. Elle bascula contre une surface dure qui lui meurtrit le ventre, cracha, hoqueta, inspira, vomit, inspira de nouveau. Son talon droit, son oreille gauche, son ventre et ses poumons la brûlaient terriblement, mais une vague de bonheur la submergea. Elle était vivante ! Son corps douloureux était plié en deux, la tête en bas. Son torse et ses jambes pendaient de part et d'autre d'une barre rugueuse. Elle ouvrit les yeux et découvrit un grand cuveau au fond duquel clapotait une eau rougeâtre mêlée de vomissures. Deux pieds y baignaient, petits, parcheminés, des pieds de vieille femme.

Une poigne énergique l'agrippa par la taille et la fit basculer dans l'eau sale. Elle cria. Une main osseuse lui ferma brutalement la bouche.

– Tais-toi, jeta une voix aigrelette. Il y a des oreilles partout, ici !

Redressant la tête, la fillette découvrit un visage couleur de terre, creusé d'un lacis de rides aussi profondes que des crevasses. Une vieille femme l'observait, horriblement laide, avec un nez immensément long, comme un nez de... de sorcière !

Rumiko se rejeta en arrière. Sa nuque heurta la paroi du cuveau. Une violente douleur lui déchira l'oreille droite. Elle y porta la main, qui revint rougie de sang. La sorcière avait commencé à la manger ! Rumiko se redressa pour se jeter à l'eau. Une violente douleur au talon droit la fit retomber. La sorcière lui saisit la tête à deux mains et lui déclara en la fixant au fond des yeux :

– N'aie pas peur, je ne te ferai pas de mal. Tu t'es déchiré l'oreille et le talon aux barreaux de la grille. Tu comprends ce que je dis ?

Rumiko, affolée, acquiesça d'un mouvement de tête. La sorcière demanda :

– Es-tu seule, ou y en a-t-il d'autres à venir ?

Rumiko fit lentement « non » de la tête, le cœur chaviré à la pensée que le vieux Langue Coupée s'était sacrifié pour elle. La sorcière se dépouilla de la veste de kimono qui lui couvrait le corps et commanda :

– Roule-toi en boule. Je vais te cacher là-dessous et te couvrir de châtaignes de mer. Quoi qu'il arrive, ne parle pas et ne bouge pas, même si cela pique, même si tu as peur, jusqu'à ce que je te dise de te lever.

La fillette se recroquevilla au fond du baquet en protégeant de la main son oreille blessée. La veste de grosse toile rêche la recouvrit. Le baquet tangua, faisant clapoter l'eau sale. Une boule humide et piquante roula sur la veste, puis une autre, puis d'autres encore. Rumiko, qui ne voyait rien, sentit leur masse grandissante la recouvrir peu à peu. D'innombrables piquants bougeaient sur la toile en la blessant.

Quelque chose roula sous le kimono. La fillette affolée reconnut une de ces étranges boules de longues épines qui peuplaient les parois du boyau sous-marin menant à la grande grille, là où pénétrait la lumière du jour. Le vieux Langue Coupée savait les détacher de la roche sans se piquer les doigts et les tourneurs de manivelle se délectaient des petits morceaux de chair rougeâtre et granuleuse qu'ils trouvaient à l'intérieur.

Après avoir fait la douloureuse expérience de se planter trois longues épines dans un doigt, Rumiko n'y avait plus touché.

Les châtaignes de mer cessèrent de pleuvoir sur la veste qui la dissimulait. Le baquet tangua et roula, animé par des poussées énergiques de la sorcière. Les épines piquaient Rumiko à travers la toile. Les blessures de son oreille et de son talon la lançaient. Son corps râpait douloureusement contre le fond rugueux du baquet. Son estomac et ses poumons la brûlaient. Elle mobilisa toute sa volonté pour rester prête à se défendre contre elle ne savait qui ni quoi. Mais son corps épuisé la fit basculer peu à peu dans l'inconscience. Elle en émergea deux ou trois fois, quand la sorcière échangea des saluts avec d'autres femmes. Puis elle sombra totalement.

En reprenant conscience, elle sentit d'abord la douleur de son corps. Ses membres étaient tellement ankylosés qu'elle se demanda si elle pourrait se redresser. Puis elle se souvint qu'elle ne devait ni bouger ni appeler. Le baquet était désormais immobile et la sorcière semblait partie. Mais le bruit du ressac était toujours présent.

Rumiko réfléchit. Devait-elle tenter de s'enfuir ? Vers où ? Elle prit appui sur un coude pour se redresser un peu. Des piquants se fichèrent dans la chair de son bras. Elle étouffa un cri et se laissa retomber.

La lumière du jour s'estompa, la température fraîchit. Rumiko tremblait de froid et de peur. Enfin, sans que le moindre bruit l'ait prévenue, une main entreprit d'ôter une à une les boules qui recouvraient la veste. La voix de la sorcière chuchota :

– Ne bouge pas. Les samouraïs attendent leur lot de châtaignes de mer. Je leur en porte un panier. Dès qu'ils ont tourné les talons, je reviens te chercher.

La sorcière remplit son panier et s'éloigna. Le temps passa. Enfin, la fillette discerna un pas qui approchait et la voix de la vieille annonça :

– Ils sont partis. Je vais te dégager maintenant.

Les châtaignes de mer restantes furent enlevées, puis la veste, et enfin les quelques châtaignes qui étaient tombées dessous. Quand vint le tour de celle qui perçait la chair de son bras, Rumiko poussa un petit cri.

– Chut, tais-toi ! souffla la sorcière.

Puis elle ajouta :

– Maintenant, lève-toi doucement et viens tout contre moi, que nous fassions une seule ombre.

Rumiko gémit :

– Mes jambes ne me porteront pas.

Sans répondre, la sorcière la souleva et la mit debout. Rumiko dut prendre appui des deux mains sur le bord du baquet pour ne pas s'effondrer. La sorcière l'enveloppa dans la veste et voulut la charger sur son épaule. La fillette se débattit, venant subitement de s'apercevoir que le sachet de poudre d'or ne pesait plus à son cou.

– Laisse-toi faire, idiote ! protesta la vieille.

Mais Rumiko se laissa tomber à quatre pattes dans le baquet, cherchant désespérément, balbutiant :

– Mon sachet ! Mon sachet !

– Quel sachet ? demanda la sorcière.

– Le sachet de poudre d'or, répondit la fillette sans réfléchir. Il était attaché à mon cou par un lacet.

La vieille leva les bras au ciel dans une protestation désolée.

– De l'or, grommela-t-elle. Toujours cette folie de l'or !

Se penchant sur Rumiko, elle lança d'un ton farouche :

– Oublie l'or ! Il n'apporte que la violence et la mort. Il est resté de l'autre côté. Tu n'avais rien au cou quand je t'ai sortie de l'eau.

– Mais je portais…

– Tais-toi ! On va finir par nous entendre. Laisse-toi faire.

La vieille enveloppa Rumiko dans la veste, la chargea sur son épaule et l'emporta dans la nuit. Atterrée, la fillette cherchait désespérément où et quand elle avait bien pu perdre le sachet des tourneurs de manivelle. Elle se souvint d'une tension puis d'une libération soudaine à l'instant où le vieux Langue Coupée l'avait poussée. Le lacet avait dû casser là ! Le sachet était peut-être resté accroché aux barreaux, ou tombé au pied de la grille. Il fallait qu'elle y retourne, qu'elle le retrouve. Mais comment faire dans la nuit, prisonnière de cette abominable sorcière ?

Un sanglot la secoua. Elle avait échoué. Elle avait condamné sa famille à mort ! Il ne lui restait plus qu'à mourir. Une pensée la traversa : avait-elle encore la pièce de Langue Coupée ? Elle porta la main à son poignet et fit tourner lentement la pièce entre ses doigts. Son contact la rasséréna. Elle n'abandonnerait pas. Elle lutterait jusqu'à son dernier souffle.

LE VILLAGE DANS LA FALAISE

Après un court trajet sur un chemin en forte pente, la sorcière ouvrit une porte et déposa Rumiko sans douceur sur un futon de toile grossière dont la bourre crissa sous son poids. Après avoir allumé une lampe à huile, elle inspecta l'oreille, puis le talon de la fillette, grimaça et grommela :

– Avant tout, il faut réparer ça.

Elle prit une boîte laquée sur une étagère, s'assit sur les talons, assura la lampe à un crochet qui dépassait du mur et tira de la boîte une fine aiguille de métal. Puis elle arracha une pincée de ses cheveux, la torsada en l'humectant de salive, l'enfila dans le chas de l'aiguille et se pencha sur le pied de Rumiko.

– Je vais recoudre la plaie, expliqua-t-elle. Cela te fera mal. Serre les dents sur ton poing pour ne pas crier.

Rumiko mordit son poing jusqu'au sang. Lorsque la vieille s'attaqua à son oreille avec une autre torsade de cheveux, la douleur fut insoutenable. Au deuxième passage de l'aiguille, elle s'évanouit, pour ne reprendre connaissance qu'en sentant une brûlure contre ses lèvres. La vieille pressait un bol de soupe sur sa bouche en lui tendant une paire de baguettes. Rumiko but à petites gorgées. C'était délicieux, mais terriblement chaud. Elle s'interrompit plusieurs fois pour pêcher au fond du bol des morceaux d'une algue à la fois tendre sous la langue et croquante sous les dents.

Quand le bol fut vidé, la vieille se pencha sur Rumiko, la regarda bien en face et lui dit doucement :

– Tu dois me prendre pour une sorcière.

Les yeux de la fillette répondirent pour elle. La vieille sourit, ce qui fit ressortir encore plus la longueur de son nez, et déclara :

– Je ne suis qu'une ramasseuse de châtaignes de mer, bien incapable de la moindre sorcellerie. Tu n'as rien à craindre.

Voyant que Rumiko doutait encore, la vieille femme ajouta avec un petit rire :

– De toute façon, les sorcières ne mangent pas les petites filles de la mine. Elles ont la chair bien trop molle et bien trop fade.

Elle poussa Rumiko pour se faire une

place sur le futon, souffla la lampe et ordonna :

– Maintenant, raconte-moi ton histoire. Comment t'es-tu débrouillée pour sortir de la mine ? Les samouraïs croient le boyau infranchissable depuis que les seigneurs y ont fait poser la grille. Et que voulais-tu acheter avec ton or ?

Rumiko n'osait pas se confier. Alors la vieille lui demanda son nom, puis son âge, puis la fit parler de ses parents et de ses frères. Petit à petit, elle raconta son histoire, dans le désordre, relancée par de nouvelles interrogations, jusqu'à ce qu'une question reste sans réponse : épuisée, elle s'était endormie.

Quand Rumiko s'éveilla, le jour était levé. Elle était seule dans la pièce, grande de huit tatamis[1], plus qu'un recoin pour une famille entière dans la mine. La paroi sur laquelle s'accotait le futon était creusée dans le roc. Les autres étaient faites de planches brutes assemblées par un mortier de glaise et d'algues séchées.

1. Nattes de paille de riz qui couvrent le sol des habitations japonaises et en constituent l'unité de surface.

Des rires stridents fusaient à tout instant autour de la cabane. Rumiko se leva, poussa la porte et se retint de justesse à l'encadrement en poussant un cri d'effroi. Le seuil s'ouvrait sur une pente abrupte au pied de laquelle la mer ondulait paresseusement. La cabane était construite au flanc d'une falaise !

Les rires stridents provenaient d'une multitude d'oiseaux gris-blanc qui tournoyaient entre la falaise et la mer. Rumiko les observa, ébahie. Elle n'avait jamais vu d'oiseaux si grands, ni hors d'une cage. Ils jouaient avec le vent, se lissaient les plumes sur les rochers, plongeaient, se laissaient flotter sur l'eau, repartaient haut dans le ciel, se posaient adroitement dans des encoignures à flanc de roche.

La mer, bleu vif au pied de la falaise, devenait verte plus loin, puis pâlissait. Elle se perdait dans un ciel d'un bleu très clair, strié d'une infinité de nappes blanches qui se déplaçaient lentement au-dessus de Rumiko en formant d'étranges dessins.

La fillette soupira, ravie. Le monde du dehors se révélait encore plus beau et plus immense que dans ses rêves. À droite, la falaise, piquetée de cabanes, s'abaissait peu à peu vers une petite plage où des dizaines de baquets et de barques étaient tirés au sec. Des silhouettes minuscules s'agitaient tout autour. Des embarcations gagnaient le large, d'autres revenaient.

La voix de la vieille siffla soudain aux pieds de Rumiko :

– Rentre vite, folle que tu es ! Il y a des yeux partout ici ! Personne ne doit te voir ou nous mourrons toutes les deux !

La fillette baissa les yeux. Un chargement d'algues sur le dos, la vieille achevait de gravir le dernier lacet d'un sentier à peine visible, qui sinuait entre les rochers jusqu'au seuil de la cabane.

– Allez, allez ! Vite !

Rumiko recula. La vieille entra à sa suite, jeta son chargement au sol, ferma la porte et expliqua :

– On raconte dans le village qu'un éboulement dans la mine a enseveli deux personnes hier, un vieux tourneur de manivelle et une fillette. Des lambeaux de vêtements ont été retrouvés. Les contremaîtres n'ont pas voulu prendre le risque de faire dégager les corps.

Horrifiée, Rumiko pensa d'abord à la douleur de sa mère. Le stratagème employé par les tourneurs de manivelle pour cacher sa fuite allait lui briser le cœur. Puis elle réalisa que la vieille n'avait pas parlé seulement d'une fillette disparue, mais aussi d'un vieux tourneur de manivelle. Langue Coupée était donc bien mort dans le boyau sous-marin.

Semblant deviner ses pensées, la vieille ajouta doucement :

– Je suis allée voir ce matin. Après t'avoir aidée, comprenant qu'il ne pourrait pas regagner la grande fosse, il a tenté de forcer sa tête entre les barreaux tordus. Il s'est noyé là.

Rumiko fondit en larmes. La vieille continua sur le même ton :

– Les tourneurs de manivelle doivent vous croire morts tous les deux. Tu n'as donc plus à te soucier du sachet de poudre d'or, ni des moyens d'ouvrir un passage entre les barreaux. Tu es libre.

Rumiko protesta :

– Mais ils m'ont dit que si je me noyais...

– Ils l'ont dit, mais ils ne le feront pas. C'était seulement pour t'effrayer. Ils doivent maintenant éviter d'attirer l'attention sur eux. S'attaquer à tes parents serait une folie.

Rumiko dut reconnaître que le raisonnement était juste. Soulagée d'un grand poids, elle se demanda comment elle allait vivre sa liberté toute neuve. Semblant lire encore dans ses pensées, la vieille hocha la tête :

– Ne t'imagine pas que tu vas pouvoir circuler à ta guise. La pâleur de ta peau te désigne comme une fille de la mine aussi sûrement que si c'était écrit sur ton front. Le premier qui te verra te dénoncera aux gardes du seigneur. Son bourreau te fera avouer tout ce qu'il voudra et la vie de la vieille qui t'a aidée ne vaudra pas une feuille de nori[1].

– Alors il faut que je retourne là-bas, répondit Rumiko.

– Je peux te conduire jusqu'à la grille la nuit prochaine. Mais tu devras dégager la tête de ton ami pour passer.

Rumiko poussa un cri d'horreur. Impitoyable, la vieille femme poursuivit :

– Tu réussiras peut-être à retrouver le chemin de la grande fosse. Mais crois-tu que les tourneurs de manivelle seront contents de te revoir sans ton sachet de poudre d'or ? Ils ont prétendu que tu étais morte. Il n'auront pas d'autre choix que de te tuer. Si par miracle tu réussissais à leur glisser entre les doigts, tu n'échapperais pas longtemps aux contremaîtres ni aux samouraïs. Ils sauraient bien te faire tout avouer et beaucoup de têtes voleraient, y compris la mienne.

Rumiko, épouvantée, se fermait la bouche avec les deux poings pour ne pas crier. Il

1. Algue compressée et séchée que l'on enroule autour de cylindres de riz ou qu'on émiette dans la soupe.

n'y avait donc pas de solution ? La vieille lui posa une main sur l'épaule et ajouta :

– Je possède cette cabane, un baquet presque neuf, une place de ramasseuse de châtaignes de mer que personne ne peut contester et je n'ai plus bien longtemps à vivre. La mer a pris mes trois filles. Hier, elle t'a conduite à moi. C'est un signe des dieux. Il ne reste plus qu'à te faire renaître en une véritable ama.

Rumiko écoutait, incrédule, ne sachant ni ce qu'était une ama ni comment elle pourrait renaître. La vieille reprit, montrant la pièce du vieux Langue Coupée :

– D'abord, il faut que nous cachions la médaille que tu portes au poignet. Donne-la-moi.

Rumiko protesta, mais la vieille se montra intraitable. Elle comprenait à quel point la fillette tenait à l'objet, mais elle devait le cacher sans attendre. Le cœur gros, Rumiko la vit enfoncer le souvenir de l'homme qui s'était sacrifié pour elle dans une fente de roche au fond de la cabane et le dissimuler sous un petit caillou. Enfin, la vieille femme se redressa et déclara :

– Ton talisman est en lieu sûr. Maintenant, je vais t'expliquer.

L'ORPHELINE SAUVAGE

La seconde naissance de Rumiko fut une longue et minutieuse opération. Elle dut d'abord vivre cachée pendant un mois entier. Elle passait les nuits dans la cabane et les journées dans un creux de rocher un peu plus haut, où seuls les oiseaux pouvaient la voir. Là, elle s'exposait à la caresse et aux morsures du vent et du soleil, pour prendre l'apparence d'une fillette du dehors. Sa peau blanche et lisse de la mine laissa place à une peau nouvelle, d'abord rougeâtre et douloureuse, puis de plus en plus brune et tannée.

Ce fut agréable les jours de petite brise et de temps légèrement voilé : les rayons affaiblis du soleil caressaient délicatement la peau pendant que le ballet incessant des oiseaux de mer offrait un spectacle dont Rumiko ne se lassait pas. Ce fut plus dur les jours sans nuage et sans vent, où le soleil de midi brûlait violemment. Ce fut très pénible quand le vent souffla en tempête pendant deux jours entiers, jetant des vagues furieuses à l'assaut des éboulis rocheux et couvrant d'embruns une Rumiko grelottante et effrayée.

Elle qui ne connaissait du vent, du soleil et de la pluie que ce qui pénétrait par les bouches d'aération des galeries hautes fut éblouie par la fréquence et l'ampleur des changements qui affectaient la mer et le ciel de son nouveau monde. La multitude de ce qui vivait là la fascinait. Jamais elle n'aurait imaginé que la mer offrait une nourriture aussi variée.

Dans la mine, les cuisiniers servaient jour après jour le riz gluant avec les mêmes bâtonnets de chair de poisson cuite à la vapeur et la soupe miso où flottaient les mêmes feuilles d'algue séchée. Dans la cabane de la vieille, chaque repas était unique. Rumiko apprit que les poissons n'étaient pas des bâtonnets tous identiques, mais des animaux de formes diverses, avec des yeux, une bouche, des nageoires, une peau. Elle goûta la chair granuleuse et iodée des châtaignes de mer, celle translucide et ferme des seiches et des calmars, celle blanche et élastique des poulpes, celle laiteuse et sucrée des palourdes. Elle découvrit que manger pouvait être un plaisir.

La vieille qui l'avait sauvée s'appelait Mme Michiko. Quand elle n'était pas en mer, ou en train d'étaler des algues à sécher sur des roches, elle bavardait pendant des heures avec d'autres femmes. Rumiko en était éberluée. Dans la mine, personne ne bavardait ainsi. Pour tous, enfants compris, la vie consistait à travailler dur, manger vite, dormir le strict nécessaire et travailler encore.

Mme Michiko, au cours de ses conversations évoquait une idée qui lui trottait dans la tête depuis longtemps. Elle ne parvenait plus à réchauffer ses vieux os l'hiver. Elle ne plongeait plus qu'à quelques malheureuses brasses de profondeur. Bientôt, elle ne pourrait même plus manœuvrer son baquet. Pourquoi n'irait-elle pas chercher une petite orpheline dans un village de paysans du Nord ? Elle l'adopterait, lui apprendrait à plonger, en ferait une véritable ama qui la nourrirait quand elle serait devenue impotente. Cela s'était déjà vu dans d'autres villages de la côte.

Soutenue par ses amies, Mme Michiko

soumit son projet au chef du village. L'homme hésita, puis finit par accepter.

Un matin, avant l'aube, la vieille femme chargea sur ses maigres épaules un grand sac contenant Rumiko recroquevillée dans un cocon de feuilles d'algues, et prit le chemin de l'intérieur des terres. Elle marcha une heure entière avant de s'écrouler en bordure d'un petit bois. Quand elle eut repris son souffle, elle vérifia soigneusement qu'aucun regard ne traînait dans les environs, s'enfonça entre les arbres et se glissa à l'abri d'un épais buisson. Là, elle libéra Rumiko tout ankylosée et lui frotta énergiquement les jambes avec des poignées de feuilles pour faire circuler le sang.

Quand la fillette put marcher, Mme Michiko récupéra au plus profond du buisson le panier de nourriture qu'elle avait caché l'avant-veille sous de grosses pierres. Puis elle entraîna Rumiko à travers le bois, jusqu'à une ravine humide obstruée par un immense roncier. S'aidant d'un bâton fourchu ramassé en route, se protégeant des épines avec le sac à demi rempli d'algues séchées, la vieille femme ouvrit un passage à travers le roncier et dégagea l'entrée d'une faille ouvrant sur une large galerie. Elle y entraîna la fillette.

– C'est une ancienne mine, expliqua-t-elle.

Autrefois, les petits seigneurs exploitaient chacun la leur. Elles se sont épuisées ou éboulées l'une après l'autre.

Montrant l'éboulis qui obstruait la galerie, elle ajouta :

– Trois contremaîtres, plus de quarante mineurs et deux porteuses d'eau sont ensevelis là. Mon arrière-grand-mère a eu la chance d'être de corvée d'eau dans la ravine au bon moment. Pendant la grande révolte des paysans contre les seigneurs, elle y a caché ma mère et mes tantes.

Elle posa le panier de nourriture sur une pierre plate, étala son sac par terre comme une natte, et ajouta :

– Nous allons rester là cinq jours, le temps qu'il aurait fallu pour aller te chercher dans le Nord et te ramener.

Ce furent cinq jours très longs. Rumiko avait hâte de retrouver le monde du dehors et chaque journée passa pour elle un peu plus lentement que la précédente. Mme Michiko meubla leurs veilles en inventant peu à peu la vie de la fillette dans un hameau des collines, au bord d'un lac où elle avait appris à nager. Ses parents, des miséreux, louaient leurs bras dans une carrière de grès. Son père avait été enseveli sous un éboulement et sa mère était morte de chagrin trois mois plus tard. Un oncle avait livré l'orpheline et ses frères en quasi-esclavage au maître de la carrière, un homme exigeant et brutal. Rumiko était devenue porteuse d'eau.

Jour après jour, Mme Michiko et Rumiko affinèrent l'histoire, y ajoutant des détails empruntés à la vie de la fillette dans la mine. Certains la faisaient pleurer doucement car ils lui rappelaient sa famille. Mme Michiko la serrait alors dans ses bras jusqu'à ce que ses larmes achèvent de sécher.

L'après-midi du cinquième jour, les deux complices quittèrent la grotte en effaçant leurs traces et rejoignirent discrètement le chemin. À la nuit tombante, Mme Michiko entra dans le village en traînant derrière elle une fillette apeurée et sauvage. Elle présenta humblement son acquisition au chef du village, qui la regarda à peine, puis l'entraîna dans le raidillon conduisant à sa cabane. La montée fut interrompue par des arrêts chez plusieurs ramasseuses de châtaignes de mer, qui insistèrent toutes pour faire boire à la petite paysanne un bol de leur meilleure soupe miso.

LE MESSAGE

Dès le lendemain, Rumiko commença l'apprentissage du baquet flottant, du cylindre d'écorce à fond de verre permettant de voir sous l'eau et du long trident servant à récolter les châtaignes de mer. Elle acquit vite le savoir-faire d'une bonne ramasseuse et se lia avec plusieurs adolescentes de son âge, découvrant en leur compagnie le bonheur de rire et de courir sans retenue.

Peu à peu, l'automne approchait. La température devenait moins clémente. La mer virait au gris-vert et se montrait houleuse. Un soir, après avoir fait agenouiller Rumiko comme tous les jours devant l'autel de la cabane, Mme Michiko lui remit cérémonieusement des lunettes étanches à bordures de cuir graissé, un couteau à large lame et un filet. C'étaient les outils nécessaires pour récolter au fond de l'eau bien plus précieux que les châtaignes de mer : les oreilles de mer, mollusques réservés aux tables des seigneurs. Les jours suivants, le corps enduit de graisse pour se protéger du froid, la fillette apprit à plonger profond, à rester immergée longtemps, à décrocher d'un adroit coup de lame les oreilles de mer dont elle remplissait son sac.

Elle était douée et déterminée. Ses récoltes dépassèrent bientôt celles de jeunes filles de quatorze et même quinze ans. Elle devint une véritable plongeuse capable de nourrir une famille, une ama. Elle allait en mer chaque matin, jouant et bavardant librement l'après-midi avec les autres adolescentes du village. Elle était heureuse.

Cela ne l'empêchait pas de penser souvent à sa famille, dans la cabane, sur la falaise, dans le baquet ou même sous l'eau, quand un mot ou une image lui rappelait une scène de sa vie d'avant. Il lui arrivait aussi de se réveiller en pleine nuit, cherchant autour d'elle les souffles de ses parents et de ses frères. Elle restait alors de longues heures à se remémorer leurs visages, leurs paroles, leurs gestes, les moments heureux ou tristes passés ensemble. Mais les formes, les sons, et les gestes de sa vie d'avant devenaient progressivement flous. Rumiko pleurait alors silencieusement, sentant ses souvenirs lui échapper.

Consciente que sa famille ne pouvait pas la rejoindre dans le monde heureux du dehors, elle demandait dans ses prières de pouvoir rassurer sa mère par un simple message. Elle avait besoin de lui faire savoir qu'elle était vivante, d'apprendre en retour qu'on ne l'avait pas reniée pour s'être enfuie. Mais comment y parvenir ?

Après avoir longtemps hésité, Rumiko soumit à Mme Michiko l'idée qui lui trottait dans la tête de se glisser une nuit jusqu'à la mine par le boyau sous-marin. La vieille femme lui dévoila alors qu'elle avait plongé une seconde fois après l'avoir sauvée, à la recherche du sachet de poudre d'or. Elle l'avait aperçu, hors de portée, dans une faille entre deux roches, loin derrière les barreaux. Mais surtout, elle avait revu le tourneur de manivelle à la langue coupée, le crâne encastré entre les barreaux tordus, les yeux et le ventre déjà mangés par les poissons de roche et les crabes.

Rumiko frissonna d'horreur. La vieille femme insista :

– Il doit être maintenant réduit à l'état de squelette, gardien de la grille pour l'éternité. Oserais-tu arracher son crâne aux barreaux pour te glisser entre eux ?

Rumiko fondit en larmes. Elle n'oserait même pas regarder ! Mais elle n'abandonna pas et chercha d'autres solutions, posant aux amas des questions qu'elle pensait anodines. La ville d'Aïkawa, d'où partait la route montant à la mine, ne se trouvait qu'à deux heures de marche du village. Était-il possible d'accéder aux quartiers d'habitation pour y vendre des coquillages ? Les réponses furent sans équivoque. La route était barrée d'une succession de cinq hautes murailles gardées en permanence par une bonne centaine de soldats. Les villageois n'étaient pas même autorisés à franchir la première muraille. Était-il possible alors de contourner ces défenses par la montagne jusqu'à surplomber les quartiers d'habitation de la mine ? C'était peut-être envisageable pour des mouflons. Mais nul n'avait jamais entendu dire qu'un homme ait osé tenter une telle aventure.

Rumiko demanda si un message avait jamais été envoyé à l'intérieur de la mine. Plusieurs amas avaient entendu des hommes dire que cela s'était produit dans le passé. Mais un soir, Mme Michiko rentra très mécontente d'une assemblée des anciens, lançant à peine le seuil franchi :

– Tu poses trop de questions, Rumiko ! Plusieurs anciennes m'ont demandé pourquoi tu t'intéresses tant à la mine ! Personne ne met encore en doute que tu viens des montagnes du Nord, heureusement. Mais on craint que tu aies attrapé la fièvre de l'or.

Rumiko baissa la tête, silencieuse sous l'orage. La vieille s'accroupit en face d'elle, lui souleva le menton pour voir son visage et poursuivit :

– Tu dois cesser, définitivement ! Promets-le-moi tout de suite !

Rumiko promit, malheureuse d'avoir mécontenté Mme Michiko, le cœur brisé de devoir renoncer pour toujours à un espoir aussi indispensable que respirer. Quand elles furent couchées, la vieille femme lui demanda doucement dans le noir :

– Es-tu très malheureuse ici ?

Rumiko ravala un sanglot et répondit :

– Non, honorable Mme Michiko. Je serais très heureuse s'il n'y avait pas cette douleur de penser que ma mère me croit morte.

Après un silence, la vieille femme répondit :

– J'y ai pensé souvent, tu sais. Mais le boyau sous-marin est vraiment la seule voie d'entrée dans la mine et il est trop risqué pour toi de l'utiliser.

Rumiko fit de gros efforts pour retenir ses larmes. Elle n'y parvint pas. Ses sanglots secouèrent le futon. La vieille femme l'attira contre elle et chuchota :

– Ono l'aveugle m'a prise à part tout à l'heure. Elle m'a fait remarquer que tu parlais comme quelqu'un qui a vécu dans une grotte où la voix résonne, mais que seule l'oreille d'une aveugle pouvait s'en rendre compte.

Rumiko lâcha un petit cri de peur. Mme Michiko la rassura :

– Ne t'inquiète pas. La vieille Ono saura se taire. Nous avons fait équipe ensemble autrefois et je n'ai jamais oublié de lui donner une part de ma pêche depuis qu'elle a perdu la vue. Elle m'a dit aussi qu'on pouvait confier à un torrent de la montagne qui disparaît dans une faille des messages pour ceux de la mine. Elle a entendu des hommes le raconter.

Rumiko oublia instantanément sa détresse.

– Mais oui ! Bien sûr ! Ce torrent doit alimenter la source qui remplit le grand réservoir d'eau potable de la mine ! Je veux lui confier un message ! S'il vous plaît, je veux le faire ! supplia-t-elle.

La vieille femme tempéra son enthousiasme en précisant :

– Ce sera dangereux et tu ne sauras jamais si ton message est parvenu jusqu'à tes parents.

– Je veux quand même l'envoyer ! Dès

demain ! Je prierai très fort pour qu'il parvienne à ma mère.

– Nous irons, petite folle. Mais pas demain, dans quelques jours. Si tu promets de ne pas m'interrompre, je vais t'expliquer comment nous allons nous y prendre.

Rumiko promit. Une nouvelle fois, sa vieille amie avait pensé à tout. Pendant les jours qui suivirent, la fillette apparut à ses amies triste et préoccupée. Elle évoqua ses frères, qui lui manquaient terriblement. Elle avait le mal de son village. Le cinquième jour, elle disparut. Mme Michiko la chercha partout, sans succès. Des voix s'élevèrent pour observer que Rumiko souffrait d'être séparée de ses frères. Elle avait dû s'enfuir les retrouver.

Mme Michiko refusa les aides qui lui furent proposées. Elle était allée chercher la fillette seule, elle la ramènerait seule. Elle chargea quatre jours de nourriture dans un sac, prit son bâton de marche et partit.

Rumiko l'attendait dans la mine abandonnée où elles avaient déjà séjourné ensemble. Le lendemain, elles escaladèrent la montagne à la recherche du torrent. Elles le trouvèrent un peu avant la tombée du jour. Après une courte nuit de repos sous un rocher en surplomb, elles le suivirent jusqu'à la faille où il disparaissait, manquant vingt fois de se rompre le cou sur les pierres glissantes.

Rumiko avait emporté une coquille d'oreille de mer à l'intérieur de laquelle elle avait soigneusement gravé au couteau le petit visage souriant qu'elle avait coutume de dessiner pour sa mère. Sur le conseil de Mme Michiko, elle récolta de la résine de pin dont elle enroba la coquille, formant ainsi une boule jaunâtre qu'elle roula dans un mélange de sable et de cendre, pour en durcir la surface. Elle déposa la boule dans le lit du torrent, murmura « va, va jusqu'à ma douce maman » et ouvrit les mains. Le message roula sur le fond et disparut bientôt dans la faille.

Rumiko resta longtemps à regarder l'eau s'engouffrer à sa suite, les yeux obscurcis de larmes et le cœur plein d'espoir.

Le lendemain soir, Mme Michiko traversa le village en poussant devant elle une fillette boudeuse aux joues tuméfiées, les mains liées dans le dos et les jambes entravées. La vieille femme ramenait son bien, auquel elle avait fait comprendre avec toute l'énergie nécessaire qu'il était hors de question de s'enfuir une nouvelle fois.

LE CHARDON NOIR

Très loin de Sado, à l'abri d'une bâche sur laquelle claquaient les lourdes gouttes d'une averse tropicale, Jarnouen travaillait à polir un aviron neuf qu'il venait de tailler. Il pensait à la lettre pour sa mère et ses sœurs, dictée deux mois plus tôt à un écrivain public de Calicut et confiée à un navire marchand en partance vers l'Europe avec une cargaison de poivre et de clous de girofle. Quand parviendrait-elle à destination, si elle arrivait jamais ? Dans quelle misère trouverait-elle sa famille ? Serait-il encore vivant alors ?

Le garçon n'avait plus rien du petit mousse malingre que l'explosion de la *Victorieuse* avait jeté dans les eaux grisâtres de la mer d'Iroise. Les travaux de force l'avaient musclé. Le soleil des tropiques avait transformé sa peau d'enfant en un cuir sec et tavelé, couleur de pain d'épice bien cuit. Une profonde cicatrice, marquée de cinq points cousus au fil à voile, barrait son torse de la pointe du sternum à l'épaule droite. Elle provenait d'un revers de kriss[1] récolté sur la côte de Bornéo.

Le garçon était maintenant un ancien de l'équipage, un survivant des cent trente-quatre Écossais, Gallois et Français qui avaient doublé la chaussée de Sein une nuit de grisaille. Comme eux, il regardait avec un mélange de méfiance et de condescendance le reste de l'équipage : les Noirs razziés dans un village de pêcheurs après le passage du cap de Bonne-Espérance, les Arabes tirés des eaux après un rapide échange de bordées avec trois grandes felouques dans le canal du Mozambique, les Malabars recrutés à l'escale de Calicut, les Malais survivants des hordes de pirates défaites devant Bornéo.

Jarnouen était passé apprenti charpentier dans le canal du Mozambique, en remplacement de l'apprenti en titre, tué par la canonnade des felouques arabes. Il en était heureux. Il aimait le parfum du bois fraîchement scié, l'odeur âcre du goudron chaud, les senteurs piquantes des vernis et celles plus lourdes des peintures. Il adorait voir le bois brut prendre peu à peu forme et devenir objet sous sa main.

1. Long poignard malais à lame sinueuse.

Il savait déjà colmater une voie d'eau, refaire un morceau de bordé arraché par un boulet, réparer une chaloupe abîmée sur un récif, rajeunir une poulie fatiguée. Si le Seigneur et la chance lui permettaient de revenir un jour chez lui avec un peu d'argent en poche, il se mettrait à son compte comme charpentier de marine et construirait des barques de pêche combinant la robustesse des canots de son île et l'élégance des embarcations asiatiques.

Jarnouen grimaça. Penser au retour était interdit sur le *Chardon noir*, corsaire de sa Majesté en route vers la lointaine Asie. Le capitaine le répétait chaque dimanche après l'office, en ajoutant qu'un vieil ami les attendait là-bas, pour aller ensemble conquérir plus d'or qu'on n'en avait jamais vu.

Tombant de la mâture, un cri le tira de ses pensées :

– Voile sous le vent !

Lâchant son aviron, Jarnouen se redressa. Un nouveau cri retentit :

– Deux voiles ! Non, trois ! Des jonques !

Les hommes se bousculaient déjà pour tenter de voir. Mais la pluie tropicale formait un rideau impénétrable à leurs regards. Brusquement, comme elle était arrivée, elle cessa. Des exclamations s'entrecroisèrent :

– Là, à tribord, regardez !

– Voiles droit devant !

Du nid-de-pie, l'homme de veille cria :

– Trois jonques sous le vent ! Deux autres par tribord ! Quatre droit devant ! Des pirates !

Sur le gaillard d'arrière, le capitaine fit un signe de la main. Le second lança un ordre bref au maître d'équipage, qui siffla aussitôt un appel que les marins du *Chardon noir* ne connaissaient que trop bien : aux postes de combat !

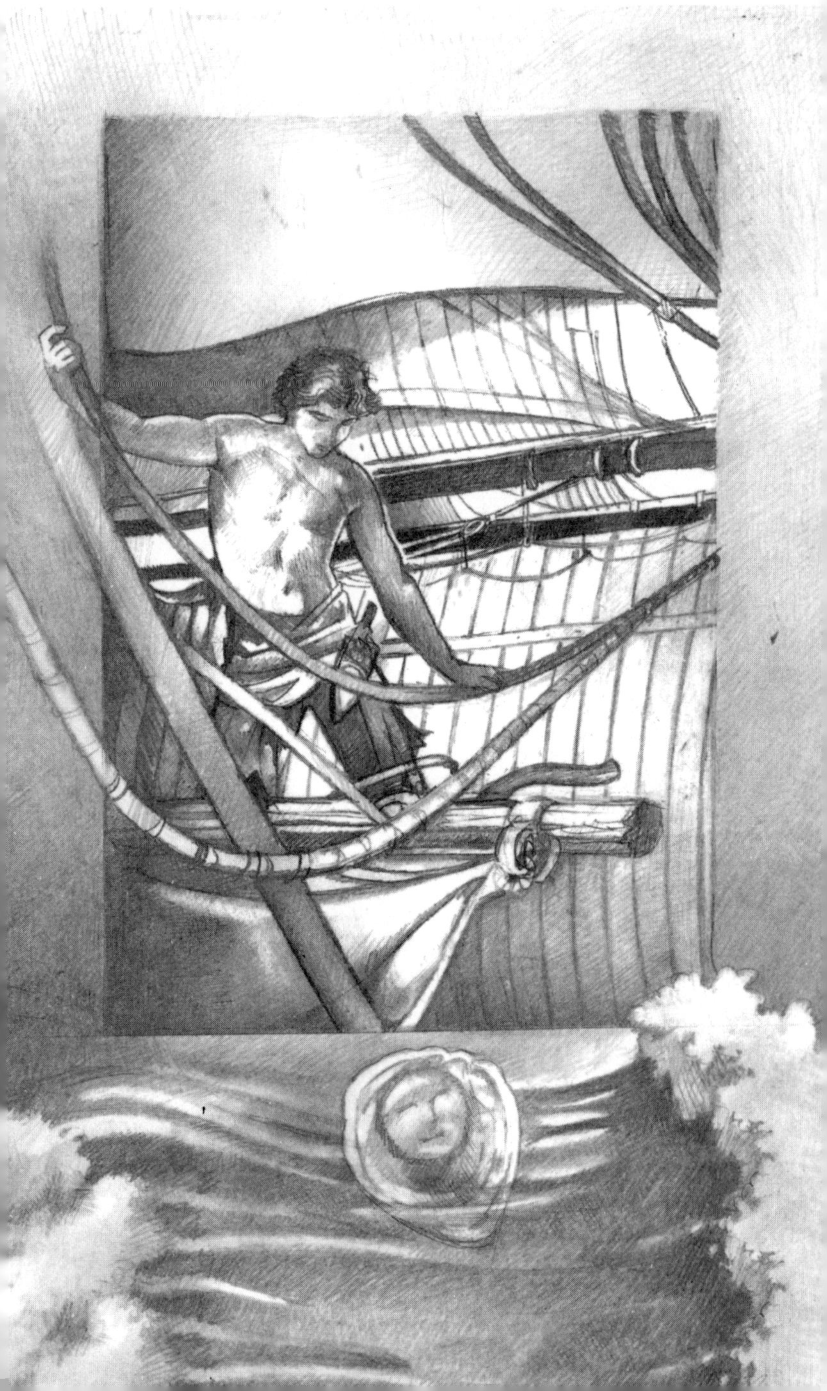

LA GROTTE AUX ÉPAVES

Au moment même où les hommes du *Chardon noir* se ruaient à leurs postes de combat, les habitants du village de Mme Michiko apprenaient une nouvelle inquiétante. Le shogun Tokugawa[1] avait fait au seigneur de Sado l'immense honneur d'accepter sa fille aînée pour troisième épouse de son huitième fils, en récompense d'une production d'or exceptionnelle. Une jonque richement décorée était venue de la grande île de Honshu embarquer la future épousée, sa suite et son trousseau vers le port de Niigata, d'où l'on gagnerait Edo par voie de terre.

Le seigneur de Sado avait décidé d'emporter pour le banquet de mariage plus d'oreilles de mer qu'on n'en avait jamais réuni. Toutes les amas de l'île devaient

1. La dynastie des shogun (princes) Tokugawa tenait alors l'empereur sous contrôle et avait totalement fermé le Japon aux étrangers.

consacrer les cinq jours précédant le départ de la jonque à la seule pêche des précieux mollusques.

Les hommes protestèrent. Cette exigence faisait prendre des risques insensés à leurs mères, leurs femmes et leurs filles. L'hiver tardait à s'achever. Les bourrasques de neige fondue ne parvenaient même pas à déchirer la brume glaciale qui persistait à couvrir l'île. C'était un temps à récolter du nori sur les plateaux rocheux de l'estran et non à plonger devant les brisants.

Les protestations ne servirent à rien. Le seigneur attendait huit douzaines d'oreilles de mer de chaque ama et les chefs des villages risquaient leur tête si le compte n'y était pas.

Quand les hommes leur transmirent l'ordre du seigneur, les amas murmurèrent amèrement, sachant que certaines ne reviendraient pas. Mais elles courbèrent l'échine et partirent en mer, enduites d'un peu plus de graisse et après une prière plus longue que d'habitude. Ce jour-là, deux jeunes filles se perdirent dans la brume. Elles furent retrouvées à la tombée de la nuit par un pêcheur, mortes de froid dans leur baquet.

Le lendemain, une bourrasque de neige fondue s'abattit sur la flottille et les vagues fracassèrent quatre baquets contre les brisants. Deux amas naufragées furent sauvées, mais trois vieilles et une jeune mère périrent.

L'aube du troisième jour se leva sur des rafales encore plus violentes. L'angoisse au cœur, les amas retardèrent leur départ autant qu'elles l'osèrent. Une accalmie survint et il leur fallut prendre la mer, à la remorque des barques de quelques hommes qui refusaient de laisser les baquets seuls dehors par ce temps.

Après une heure de pêche, les moins résistantes abandonnèrent. Les hardes gelées dont elles se couvraient en sortant de l'eau les protégeaient mal et les petits braseros allumés au fond des baquets étaient bien incapables de les réchauffer. Rumiko et Mme Michiko furent de celles qui osèrent rester. Le vent forcit, virant à la tempête, emportant les baquets. Les amas qui étaient dans l'eau embarquèrent comme elles purent. Chaque équipe se trouva vite isolée, luttant pour sa vie.

Frigorifiées, Rumiko et Mme Michiko pagayaient de toutes les forces qui leur restaient. Elles avaient perdu la notion du temps. Leur seul guide était le vent, qu'elles devaient garder du côté gauche pour rentrer au village. Mme Michiko faiblissait et

Rumiko devait réduire son effort sur sa pagaie pour ne pas faire tourner le baquet.

La fillette se rendit soudain compte qu'un souffle monstrueux sur leur droite dominait par moments le fracas des vagues et les hurlements du vent. Intriguée, elle se tourna vers sa compagne qui cria :

– Le souffleur !

Rumiko comprit, horrifiée : leur baquet avait été entraîné vers un des sites les plus dangereux de la côte, une falaise à pic percée d'une immense faille, où les vagues s'engouffraient pour rejaillir plus haut dans un souffle gigantesque.

– La grotte ! cria Mme Michiko. Il faut atteindre la grotte ! C'est notre seule chance ! Vite !

À gauche du souffleur, une faille s'ouvrait sur une vaste grotte à demi submergée où la mer accumulait toutes sortes d'épaves. Par temps calme, à marée basse, il était facile d'y pénétrer en baquet. Mais par cette tempête, Mme Michiko et la fillette seraient entraînées sans pouvoir contrôler leur embarcation. Si elles arrivaient devant la faille au sommet d'une vague, elles s'écraseraient immanquablement contre la falaise ! Si elles arrivaient entre deux vagues, elles se retrouveraient peut-être à l'abri dans la grotte ! C'était jouer leurs vies sur un coup de dés...

Le baquet arriva sur la faille au flanc d'une vague, la vieille femme et la fillette recroquevillées au fond, les yeux fermés. Il heurta la falaise dans un craquement terrible, bascula sur le côté et passa, en partie disloqué. Rumiko fit surface dans la pénombre, étourdie par le choc. Elle parvint à nager jusqu'à la grève qui occupait le fond de la grotte. En courant se mettre à l'abri des vagues, elle heurta du pied un objet dur et roula par terre en hurlant de douleur et de peur.

Quand la douleur se fut calmée, elle appela Mme Michiko, sans succès. Comme elle désespérait, un cri domina le grondement des galets roulés par les vagues. Elle se précipita et découvrit Mme Michiko étendue sur la grève, dans l'écume, les algues et les débris. Elle la saisit aux aisselles pour la relever.

– Ma jambe, petite ! Ma jambe ! Ne me lève pas ! cria la vieille femme.

Rumiko voulut traîner son amie, mais celle-ci était étrangement lourde.

– Je n'y arrive pas ! pleura-t-elle.

– Hisse les sacs d'abord.

Stupéfaite, Rumiko découvrit que Mme Michiko serrait contre son ventre deux sacs aux trois quarts pleins d'oreilles de mer, toute leur pêche. Elle traîna les sacs à l'abri des vagues puis revint aider la vieille femme.

Mme Michiko était au bord de l'évanouissement. Elle souffrait terriblement de la jambe gauche. Ne sachant trop que faire, Rumiko ramassa des brassées d'algues que la houle avait jetées sur la grève, en recouvrit son amie, se glissa avec elle sous cet abri humide et entreprit de réchauffer leurs corps l'un contre l'autre. Peu à peu, leurs tremblements diminuèrent. La fillette chuchota :

– Madame Michiko, tu dors ?

Elle ne reçut pas de réponse. La vieille ama s'était évanouie ou endormie. Rumiko la serra plus fort et sombra bientôt dans un sommeil de plomb. Quand elle se réveilla, la tempête avait faibli et la nuit était tombée.

Il faisait presque bon sous les algues. Rumiko avait faim et soif, mais elle sentait contre sa joue le souffle léger de Mme Michiko et elle n'osait pas bouger. Après une longue attente, une lumière blafarde se mit à sourdre à travers la faille, repoussant l'obscurité. La fillette distingua alors, au milieu des amas d'algues et de débris, un objet plus gros que les autres. Elle se dégagea doucement. C'était bien leur baquet, retourné par les vagues, ses planches enfoncées et disjointes sur un bord, mais intact pour le reste.

Rumiko se glissa sous l'embarcation et en inspecta le fond. Un grand bonheur l'envahit. La sacoche de cuir était là, solidement attachée. Ses mains avides en tirèrent le briquet, la bourre de coton et les boulettes de résine qui servaient à allumer le brasero disparu.

Bientôt, une mèche de bourre enduite de résine fit rougeoyer et grésiller trois poignées d'algues sèches que la fillette avait rassemblées. Les algues disparurent sous des volutes de fumée blanche. Rumiko souffla doucement. Une petite flamme bleu-vert perça la fumée puis forcit, caressant son visage d'une douce chaleur. Elle la nourrit de débris de bois dont le sel fit siffler des flammèches bleu vif.

Mme Michiko se souleva en gémissant de douleur, découvrit le feu et dit à Rumiko :

– Nous sommes vivantes, tu as réussi à faire du feu et nous avons plus de nourriture qu'il ne nous en faut. Bénis soient les Dieux !

La fillette s'étonna. La grotte n'était peuplée que de châtaignes et de poivrons de mer qui contenaient bien peu de chair comestible.

– Nous allons manger des oreilles de mer, petite, lui précisa Mme Michiko.

Rumiko la regarda avec des yeux ronds. Des oreilles de mer ! Bien sûr, elles en avaient deux sacs presque pleins. Mais c'était une nourriture interdite ! La vieille femme reprit avec un léger sourire :

– Nous les avons bien méritées et personne n'en saura jamais rien.

Rumiko n'hésita pas longtemps. Elles mangèrent quatre oreilles de mer chacune, deux tranchées crues et deux autres grillées dans leur coquille après avoir attendri leur chair en la frappant avec un galet, une coutume des amas des îles du Nord pour se réchauffer entre deux plongées dans le froid de l'hiver, expliqua Mme Michiko.

Rassasiées, désaltérées au filet d'eau douce qui ruisselait entre deux roches au fond de la caverne, la vieille femme et la fillette tinrent conseil. Le baquet n'était pas en état de les porter toutes les deux et Mme Michiko, avec sa jambe douloureuse et enflée, était bien incapable d'y prendre place et d'aider à sa manœuvre. Rumiko devait profiter de l'accalmie pour livrer seule leur pêche au village et ramener du secours.

La fillette eut bien du mal à remettre le baquet à l'eau. Elle en eut encore plus à le manœuvrer dans le froid, se tenant contre un bord pour soulager le côté abîmé et pagayant avec un morceau de planche ramassé sur la grève. Par chance, elle rencontra en chemin un pêcheur à la recherche de sa femme et de ses trois filles, disparues la veille comme beaucoup d'autres. Elle lui raconta leur aventure et lui demanda de secourir Mme Michiko. L'homme refusa net quand il vit les deux sacs d'oreilles de mer : au-delà de l'inquiétude pour les femmes disparues, le village vivait dans l'anxiété de la pêche à fournir. Les baquets rentrés la veille n'avaient pas rapporté grand-chose. Ceux qui étaient repartis au petit matin se comptaient sur les doigts des deux mains.

Les sacs de Rumiko et de Mme Michiko permirent d'atteindre le quota exigé avec quinze mollusques de marge. Un peu avant la tombée de la nuit, tandis que le village se partageait entre la joie d'avoir sauvé son chef et les larmes pour ses morts, une barque de pêche traînant un radeau alla chercher Mme Michiko. Il était plus que temps. Fiévreuse, claquant des dents, la vieille femme délirait. Durant tout le trajet elle s'accrocha à Rumiko en la confondant avec sa dernière fille.

LES PIRATES ATTAQUENT

Loin vers le sud, une autre fièvre s'était emparée de Jarnouen et de l'équipage du *Chardon noir*. Le combat contre les jonques pirates avait été bref. À peine la frégate avait-elle coulé deux adversaires sans subir de dommages, grâce à sa supériorité manœuvrière et à la plus grande portée de ses canons, que le navire amiral de la flotte ennemie avait mis en panne et envoyé un émissaire parlementer. Les marins européens furent stupéfaits d'apprendre que l'engagement n'avait été qu'une épreuve pour vérifier l'invincibilité du « Tigre des mers » venu de l'autre côté du monde porter une offre d'alliance de Sa Gracieuse Majesté britannique au très honorable Li Quang-chi, le plus puissant seigneur de la grande île de Taïwan. L'alliance avait été scellée autour d'un gigantesque banquet, par l'échange de trois canons tirés des cales du *Chardon noir* contre un réapprovisionnement complet en eau douce et en nourriture.

Le très honorable Li Quang-chi avait alors dévoilé les raisons du message porté deux ans plus tôt par un émissaire secret au puissant roi des îles Britanniques. Il demandait un navire armé de canons à longue portée pour conquérir d'incommensurables richesses qu'on partagerait équitablement. Ces richesses se trouvaient dans une île sauvage nommée Sado, au nord du mystérieux Japon : elle abritait la mine d'or la plus riche et la mieux défendue de tout l'Extrême-Orient.

Le calendrier du bord portait la date du 22 septembre quand le *Chardon noir* et la flotte de l'honorable Li Quang-chi parvinrent en vue de Sado. Les assaillants investirent d'abord le riche port marchand d'Ogi, au sud de l'île. Le *Chardon noir* réduisit les batteries de la citadelle au silence en quatre bordées et la flotte canonna la ville toute la nuit. Les Chinois débarquèrent à l'aube. À la mi-journée, ils étaient maîtres du terrain.

L'honorable Li Quang-chi descendit à terre, fit exécuter la poignée de défenseurs japonais qui avaient été capturés vivants et livra les ruines au pillage de ses hommes. Le lendemain, il regroupa ses troupes et les lança en trois colonnes vers le nord. Son fils aîné partit par la route vers Aïkawa, la ville de la mine d'or, avec un contingent de plus de deux mille hommes. Le second fils fut chargé de contourner l'île par l'est avec le tiers de la flotte et de brûler Ryotsu, le grand port du nord. L'honorable Li Quang-chi et le gros de la flotte, dont le *Chardon noir*, remonteraient la côte vers l'ouest pour attaquer Aïkawa par la mer.

La nouvelle d'un raid de pirates chinois sur Ogi atteignit le lendemain soir le village de Mme Michiko. Le seigneur de Sado mobilisait tous les hommes valides pour contribuer au renforcement des ouvrages de défense du port, de la citadelle et de la mine. Rumiko ne comprit pas : Mme Michiko lui avait dit que les monstres marins et les pirates sanguinaires n'étaient que des légendes destinées à effrayer les esprits simples et les enfants.

La vieille femme dut reconnaître que si les monstres marins étaient bien des légendes, les pirates, eux, étaient réels. Par le passé, le port d'Aïkawa avait été quatre fois mis à sac par des gaïjins[1] et la citadelle avait été prise deux fois. Mais aucun assaillant n'avait jamais franchi la seconde des cinq lignes de défense qui se succédaient derrière la

1. Diables étrangers. Le Japon était alors fermé au monde extérieur depuis plus d'un siècle.

citadelle, dans l'étroite vallée montant vers l'entrée de la mine.

En fin de nuit, un nouveau message réquisitionna les garçons de plus de douze ans et les femmes adultes, en apportant l'effrayante nouvelle qu'Ogi avait été entièrement pillée et brûlée. Les amas et leurs fils quittèrent le village en silence, le cœur serré. Les vieilles femmes, les jeunes filles et les enfants rassemblèrent et empaquetèrent ce que chaque famille possédait de précieux et l'enfouirent dans des caches aménagées depuis des générations sous le sol des cabanes ou au plus profond des éboulis de la falaise. Le riz disponible fut cuit et roulé dans des feuilles de nori, en prévision d'une fuite dans la montagne.

Ces préparatifs se firent en silence : les attaques de pirates gaïjins étaient de ces catastrophes qui font partie de la vie, comme les cyclones, les tremblements de terre et les épidémies. Quand les assaillants auraient été repoussés par l'armée du seigneur de Sado, nombre de cabanes ne seraient plus que des ruines calcinées et bien des familles auraient des morts à pleurer, s'il restait des vivants pour pleurer.

Des garçons qui contemplaient le soleil du matin en train de dissiper une légère brume de mer crièrent soudain :

– Regardez, là-bas !

– Des navires ! Plein de navires !

Ils désignaient une douzaine de voiles qui achevaient de doubler la pointe sud de la baie. Les femmes et les fillettes interrompirent leur travail. Poussés par une légère brise d'ouest, les navires faisaient route vers le port d'Aïkawa. Des dizaines d'autres voiles doublèrent le cap à leur suite. Tout le monde regardait, la gorge sèche. Même les plus vieilles femmes n'en avaient jamais vu autant.

Un navire attirait l'attention par sa voilure étrange et ses mâts immenses, plantés droit sur une étroite coque noire. Il se détacha de la flotte, vira et lâcha sur la ville une bordée qui l'enveloppa de poussière et de fumée : les boulets avaient fait mouche. Les canons de la citadelle répondirent par une salve qui fit jaillir des geysers d'eau loin devant le navire, hors de portée.

Le *Chardon noir* bombarda la journée durant le port et la citadelle, sans que les artilleurs du seigneur de Sado puissent le toucher. À bord, impatients de débarquer, avides d'or, les hommes regardaient avec enthousiasme s'enflammer les toitures qui s'écroulaient les unes après les autres. L'étroite vallée à flanc de montagne, en travers de laquelle se devinaient de solides lignes de défense, conduisait à la mine qui hantait leurs rêves depuis quatre mois !

En début d'après-midi, Rumiko et les villageois virent une douzaine de petites jonques se détacher de la flotte et se diriger vers les villages de pêcheurs de la rive sud. De la fumée s'éleva bientôt dans le ciel calme. La plupart des femmes et des enfants partirent alors vers la montagne.

D'autres jonques firent bientôt voile vers la rive nord. Rumiko, Mme Michiko et la vingtaine de vieilles femmes, de jeunes filles et d'enfants qui tardaient à s'éloigner jetèrent un dernier regard à leurs cabanes et prirent à leur tour le chemin de la montagne. Dans son sac, Rumiko portait des rouleaux de riz, ses lunettes et son couteau d'ama, ainsi que la pièce de monnaie étrangère du vieux Langue Coupée. À la nuit tombée, grimpée avec d'autres au faîte de grands pins, elle regarda tristement fumer les incendies de son village et des villages voisins.

Rumiko et Mme Michiko se réfugièrent dans la mine abandonnée où elles s'étaient cachées pendant leurs faux voyages dans le nord. Elles n'y parvinrent que tard dans la nuit. Mme Michiko était très affaiblie depuis la tempête. Elle peinait un peu plus à chaque pas et devait s'arrêter souvent, le souffle court. Elle finit par accepter que

Rumiko la décharge de son sac. Mais même ainsi, la fin du voyage fut pour elle un calvaire. Quand elle atteignit enfin l'ancienne mine, elle s'écroula sur le lit de feuilles de leur séjour précédent et s'endormit aussitôt.

L'aube à peine levée, Rumiko pensa gagner un éperon rocheux qui dominait la forêt, offrant un point de vue exceptionnel sur l'ensemble de la baie. Mais elle n'osa pas sans l'autorisation de Mme Michiko, qui dormait encore, les narines pincées et la respiration saccadée.

La vieille femme ne se réveilla que tard dans la matinée. Découvrant que ses jambes ne lui obéissaient plus, elle feignit d'être simplement fatiguée et retint Rumiko près d'elle. En début d'après-midi, sentant le sommeil l'envahir, elle l'autorisa à monter jusqu'à l'éperon rocheux, lui recommandant la plus grande prudence et lui expliquant comment assembler sur ses épaules un faisceau de branches de camélia qui lui permettrait de devenir buisson en s'agenouillant.

Sur l'éperon rocheux, Rumiko retrouva ses amies, Ono la mince et Akiko, deux jeunes amas à peine plus âgées qu'elle. Mme Okamoto, leur mère, s'était cachée tout près de là avec ses trois autres enfants, dans un abri creusé sous le tronc d'un grand sapin abattu des années plus tôt par la foudre. Comme Rumiko, les fillettes n'avaient pas pu résister à la tentation d'observer ce qui se passait dans la baie. Elles virent la flotte écraser le port d'Aïkawa sous un déluge de boulets et de mitraille, puis débarquer une multitude hurlante qui monta à l'assaut des défenses de la citadelle. Une autre multitude venue de la plaine les rejoignit bientôt. Un nuage de fumée enveloppa la citadelle.

Comme l'après-midi tirait vers sa fin, une violente explosion fit monter de grandes flammes jaunes au-dessus de la fumée qui, en se dissipant, laissa apparaître des rougeoiements sur ce qui ressemblait maintenant à un champ de ruines. Quelques coups de feu claquaient encore quand la nuit tomba. Les fillettes quittèrent leur poste d'observation, portant la terrible nouvelle qu'Aïkawa était tombée.

LA VENGEANCE DES VAGUES

La peau des mains à vif, les bras moulus de fatigue, la poitrine douloureuse d'avoir trop pesé sur la plaque d'appui de sa tarière, Jarnouen perçait le dernier trou d'un montant d'échelle. Toute la nuit, les charpentiers de la flotte et leurs apprentis avaient taillé, foré et assemblé des barreaux et des montants.

Aux premières lueurs de l'aube, les Chinois et leurs alliés britanniques s'étaient lancés en hurlant à l'assaut des lignes de défense de la mine. La première muraille avait été enlevée en moins d'une heure. Mais sa prise avait coûté cher en hommes et en échelles. Au pied des murailles, des équipes d'infirmiers et de gabiers paraient au plus pressé. Dans la citadelle en ruine, les chirurgiens d'un hôpital de campagne amputaient les membres déchiquetés ou écrasés. À côté, la menuiserie où travaillait Jarnouen fabriquait de nouvelles échelles sans discontinuer.

La fatigue du garçon était telle que deux fois déjà, il s'était effondré sur son travail, aussitôt redressé à coups de bottes et de fouet par l'officier chinois responsable de l'atelier.

La tarière traversa le bois. Jarnouen la fit tourner à vide pour ébarber le trou. Deux hommes emportèrent aussitôt le montant et entreprirent d'y enfoncer des barreaux à coups de masse. Le garçon se redressa péniblement, tituba jusqu'au seau d'eau commun et avala une grande gorgée. Des hurlements de victoire attirèrent son attention. Sur la deuxième ligne de défense, un porte-drapeau agitait fièrement le pavillon de l'honorable Li Quang-chi.

L'officier envoya les charpentiers et les apprentis rejoindre les équipes qui travaillaient au pied des murailles. Il n'y avait plus besoin d'échelles neuves : les trois dernières lignes de défense, moins hautes, pouvaient être prises d'assaut avec des morceaux d'échelles brisées.

Jarnouen s'empara d'une scie et courut à travers les ruines de la citadelle, puis sur la route poussiéreuse qui montait vers la mine. La pente était raide et il fut vite hors d'haleine. Au pied de la première muraille, un vertige le prit. Il tomba à genoux, sans voir deux Chinois basculer au-dessus de lui un mort qui encombrait le parapet. Le choc l'assomma net.

Pendant qu'il gisait inconscient, les assaillants submergèrent l'une après l'autre les trois dernières lignes de défense. Depuis leur poste d'observation, Rumiko et ses compagnes serraient les poings de désespoir.

Jarnouen finit par reprendre conscience. Il se dégagea, encore un peu sonné, le cou et les épaules douloureuses, ramassa une gourde abandonnée et but avidement l'eau tiède qu'elle contenait. Puis il traversa l'une après l'autre, avec d'autres attardés, les murailles jonchées de morts et de blessés. Derrière un haut portail de fer arraché de ses gonds, il découvrit un défilé qu'une grille immense couvrait comme une volière, courant très haut d'une falaise à l'autre. La roche était creusée de magasins, d'ateliers et de logements, sur trois à quatre niveaux. Les vainqueurs achevaient d'en tirer une foule de femmes, d'hommes et d'enfants vêtus de hardes grisâtres, au teint blafard, qu'ils poussaient sans ménagement sur une placette. Au fond du défilé, un groupe de marins du *Chardon noir* et de Chinois portant la livrée des gardes de l'honorable Li Quang-chi, mousquets pointés et sabres au clair, gardait une lourde porte de bois clouté.

Jarnouen courut vers eux, heureux de retrouver les siens. De nombreux hommes étaient blessés et des linges sanglants leur tenaient lieu de pansements. Mais leurs yeux brillaient et ils l'accueillirent avec des démonstrations de joie, quelqu'un l'ayant donné pour mort.

Le maître d'équipage lui fit gagner le rang, dos à la porte. Comme Jarnouen s'en étonnait à mi-voix auprès de son voisin, celui-ci lui glissa :

– C'est la porte de la réserve d'or. Le capitaine et l'Honorable sont à l'intérieur avec les officiers. Ils comptent notre fortune. Nous avons réussi, mon gars ! Nous sommes riches comme des milords !

Ils apprirent une heure plus tard, dans un délire de joie, que chaque marin du *Chardon noir* recevrait une livre et demie d'or. Ébahis, la gorge sèche, les hommes purent contempler leur fortune un instant, avant de l'accompagner à la nuit tombante jusqu'au navire. Le capitaine la fit enfermer dans la cale arrière, dont la trappe d'accès fut aussitôt clouée. Sur le pont, les hommes se regardèrent, soudain silencieux : seuls ceux qui reverraient vivants Oban, le petit port écossais d'où ils étaient partis, se partageraient ces monceaux de plaquettes jaunes pour lesquels beaucoup déjà étaient morts.

Le lendemain, en attendant l'arrivée des navires qui avaient contourné l'île par l'est, des groupes de marins furent envoyés dans les villages environnants razzier tout ce qu'ils trouveraient de riz, de poisson séché et d'animaux domestiques. Comme Jarnouen peinait derrière trois gabiers dans un raidillon à flanc de montagne, portant un cochon noir déniché dans les ruines d'un village de pêcheurs, l'animal se mit brusquement à glapir sans discontinuer. L'un des gabiers, excédé, tira son couteau pour l'égorger. Il n'eut pas le temps d'achever son geste : la terre trembla, brutalement. Terrifiés, les hommes se jetèrent à plat ventre sur le sol, la tête dans les mains. Il y eut trois fortes secousses, puis d'autres, plus petites. Des arbres s'abattirent, des morceaux de roche roulèrent sur le chemin. Puis ce fut le silence, total, sans même un chant d'oiseau.

Contusionnés, mais sains et saufs, les

marins se relevèrent et entreprirent de rassembler leur chargement éparpillé. Deux sacs de riz avaient été éventrés par des morceaux de roche et le cochon avait disparu. Jarnouen, parti à sa recherche, s'immobilisa soudain face à la mer.

– Regardez ! cria-t-il, affolé. Les vagues !

Trois vagues immenses venues du large montaient à l'assaut de la baie. Elles enflèrent et déferlèrent sur la flotte, brisant les chaînes et les aussières des mouillages, noyant les navires sous des torrents furieux, abattant les mâtures, fracassant les coques désemparées sur les récifs de la côte. Plusieurs jonques furent emportées au-delà du port et jetées en pièces dans les rizières de la plaine. Le *Chardon noir* parvint à se redresser après le passage de la première vague, la mâture dévastée. La deuxième le renversa comme un jouet. La troisième le jeta sur une ligne de récifs et l'y fracassa. Il n'y avait plus ni frégate, ni équipage, ni fortune !

Rumiko et ses compagnes battirent des mains devant ce spectacle. Elles avaient cru leur dernière heure venue quand des quartiers de roche s'étaient détachés de l'éperon. Mais il avait tenu. Devant la destruction de la flotte pirate, les adolescentes oublièrent leur peur et durent se retenir pour ne pas danser de joie.

Mme Okamoto arriva un instant plus tard, affolée, croyant trouver ses filles écrasées sous les pierres. Rumiko découvrit alors qu'elle avait totalement oublié Mme Michiko. Elle se précipita, craignant de la trouver ensevelie.

L'entrée de la vieille mine s'était en partie éboulée. Pour y pénétrer, la fillette et ses amies durent s'ouvrir un passage dans la terre mêlée de cailloux, s'arrachant les ongles et la peau des doigts. À l'intérieur, tout était en ordre. Sur sa couche, Mme Michiko, les lèvres pincées, les yeux fermés, respirait à petits coups irréguliers. Rumiko se jeta à son chevet, appelant :

– Madame Michiko ! Madame Michiko !

Les paupières de la vieille femme battirent légèrement. Elle voulut parler, mais seuls quelques mots incompréhensibles franchirent ses lèvres. Rumiko supplia :

– Madame Michiko ! Ne mourez pas ! Des vagues immenses ont détruit toute la flotte des gaïjins ! Nous sommes sauvées ! Nous allons pouvoir rentrer au village !

Les paupières de Mme Michiko battirent

de nouveau et une larme coula doucement de son œil droit. Ses lèvres bougèrent, un murmure en sortit. Rumiko se pencha sur elle :

– ... remercier les Dieux de nous avoir écoutées... pourrai partir heureuse... devez rester cachées ici...

– Pourquoi ? demanda Rumiko.

– ... samouraïs vont traquer les pirates à travers toute l'île... gaïjins seront désespérés... vont tuer, piller... restez cachées jusqu'à ce que le dernier ait été pris... ne serai pas longtemps une charge...

La bouche de Mme Michiko s'ouvrit, ses mains se soulevèrent légèrement, cherchant celles de Rumiko. La fillette les serra très fort, le regard obscurci par les larmes. La bouche se referma. La respiration faiblit.

Rumiko ne sut pas combien de temps elle resta ainsi, tentant de retenir la vie qui quittait son amie. Un bras lui entoura les épaules, une main libéra les siennes l'une après l'autre et la voix de Mme Okamoto lui chuchota :

– C'est fini, Rumiko. Elle est partie retrouver ses ancêtres.

Rumiko s'effondra.

Il faisait grand jour quand la fillette s'éveilla. Le corps de Mme Michiko était recouvert d'une toile de lin immaculée. Deux bâtonnets d'encens grésillaient près d'elle. Mme Okamoto s'était chargée de la toilette mortuaire de la vieille ama. Un peu plus tard, ses filles et elle aidèrent Rumiko à l'ensevelir dans un coin de terre meuble au bord du grand roncier, prenant bien soin de ne rien oublier du rituel qui assurerait à son âme un passage heureux dans le monde des ancêtres.

Au petit matin, la hâte de retrouver sa cabane et son mari l'emporta sur la prudence dans l'esprit de Mme Okamoto. Elle décréta qu'il était plus prudent de retourner au village que de rester dans ce coin de montagne isolé. Rumiko protesta, faisant valoir ce qu'avait dit Mme Michiko. Mme Okamoto maintint sa position et partit avec ses enfants, laissant Rumiko seule, sur la promesse qu'elle suivrait ses deux amies quand celles-ci viendraient la chercher. Ce n'était pas la peur de ce qu'elle trouverait dehors qui retenait la fillette. Elle était incapable d'abandonner si vite son amie morte.

LA RENCONTRE

Aïkawa et ses environs ne furent que confusion pendant toute une semaine. Les Chinois et les Britanniques avaient tout perdu : l'or gisait dispersé au fond de la baie, les débris des navires jonchaient la côte, les chefs, en conférence sur la jonque amirale au moment du raz-de-marée, étaient morts noyés. Les vingt-cinq survivants du *Chardon noir* se serraient en un petit groupe compact, hésitant entre s'engager dans la construction d'une embarcation de fortune ou partir à la recherche d'une embarcation japonaise qui aurait échappé aux vagues et s'en emparer par la ruse ou la force. Autour d'eux, plus de quatre cents Chinois s'agitaient et s'invectivaient dans le désordre et la fureur, torturant de pauvres mineurs pour leur faire avouer comment le seigneur de Sado et ses meilleurs samouraïs étaient parvenus à leur échapper.

Un matin, un sous-officier chinois se proclama général, fit exécuter les contestataires, soumit les autres et annonça qu'ils allaient se tailler un royaume dans la partie nord de l'île. Les mineurs prisonniers seraient enrôlés de force dans la troupe et leurs familles massacrées. Mais les mineurs, désespérés, se révoltèrent et débordèrent les soldats chargés de cette monstrueuse mission. Au terme d'un combat sanglant, les survivants et leurs familles se cachèrent avec quelques armes au plus profond des galeries, où nul n'osa s'aventurer à les poursuivre.

Furieux, le général fit voler les têtes des coupables et de quelques autres.

Le lendemain, une force de samouraïs et de paysans, conduite par le seigneur de Sado, marcha sur les ruines d'Aïkawa et tailla les Chinois en pièces. Ceux qui s'enfuirent à la faveur de la nuit se trouvèrent pris en tenaille dans un défilé par une centaine de samouraïs qui s'y étaient retranchés. À la tombée du jour, quelques dizaines de survivants se débandèrent dans la montagne.

Jarnouen en était, avec quatre hommes du *Chardon noir* : deux canonniers, écossais et malais, et deux gabiers anglais. Le garçon accompagna les deux gabiers dans une escalade vertigineuse où nul autre n'osa s'aventurer. Pendant les deux jours et les deux nuits qui suivirent, ils se nourrirent de baies et de racines, fuyant les samouraïs lancés sur leurs traces, sans cesse sur le qui-vive.

Le troisième jour, l'un des gabiers fut tué dans une rencontre inopinée avec une escouade ennemie au détour d'un chemin de montagne. Affamés, désespérés, Jarnouen et le gabier survivant, un géant nommé Matthew le rouge pour la couleur de ses cheveux, passèrent la nuit dans un épais fourré au-dessus d'un éperon rocheux.

À l'aube, ils se découvrirent revenus tout près de leur point de départ : ils dominaient les ruines d'Aïkawa et les défenses de la mine. Comme ils hésitaient à gagner le village le plus proche pour y voler de la nourriture, Jarnouen aperçut une silhouette humaine à la lisière des sapins, au-dessous d'eux. Il la signala à Matthew le rouge.

La silhouette escalada l'éperon, se collant au rocher, invisible pour qui aurait regardé d'en bas. C'était une adolescente, petite et menue, les épaules et la tête en grande partie cachées sous un assemblage de branches de camélia.

Entendant un léger bruit, Rumiko leva la tête. Un géant écarlate se dressait au-dessus d'elle, grimaçant comme un démon. Elle hurla.

Matthew le rouge la gifla à toute volée. Les branches de camélia volèrent et elle tomba à genoux, du sang coulant sur sa joue. Le gabier n'avait eu que l'intention de la faire taire mais le sang lui fit perdre toute mesure. Il avait vu trop de ses compagnons perdre le leur. Une rage meurtrière l'envahit. Il tira son poignard.

Tremblante de terreur, Rumiko se cacha derrière ses bras. Jarnouen était pétrifié. Quand il vit le poignard se lever sur l'adolescente, il cria :

– Lâche-la !

Tenant Rumiko d'une main, le gabier se retourna, partit d'un rire fou et jeta au garçon :

– Tu la veux pour toi ? Viens la prendre, avorton.

La main de Jarnouen descendit vers son kriss. Le gabier se redressa et s'avança vers le garçon avec une grimace cruelle, entraînant Rumiko après lui.

– Non ! protesta Jarnouen. Ce n'est...

Le poignard fouetta l'air devant son visage, coupant net sa phrase.

Il recula encore. Matthew le rouge marcha sur lui et jeta :

– Tu as peur, hein ? Veux-tu que je te saigne avant elle ?

Jarnouen aurait fui si ses yeux n'avaient

pas rencontré le regard affolé de la petite Japonaise. Il imagina ses sœurs entre les mains d'un marin devenu fou. Sa main tira son kriss du fourreau et il se mit en garde, saisi de l'espoir que cela rendrait ses esprits à Matthew le rouge. Mais le geste ne fit qu'exciter un peu plus le gabier, qui lâcha Rumiko et se rua sur Jarnouen, poignard levé.

Le garçon esquiva le coup, puis en para un autre avec son kriss. Mais un revers de lame trouva la faille dans sa garde et lui entama sévèrement l'épaule gauche. Jarnouen cria et se jeta en arrière, le bras déjà couvert de sang. Son talon buta contre un obstacle. Il perdit l'équilibre, roula sur lui-même, évita de justesse un coup qui le visait à la gorge, se redressa et parvint à se donner un peu de champ en reculant jusqu'à l'extrême bord de l'éperon rocheux. Matthew le rouge passa son poignard d'une main à l'autre et l'injuria, pressé d'en finir, cherchant l'ouverture pour frapper.

Rumiko s'était péniblement redressée, la tête bourdonnante. Tout son être lui criait qu'elle devait fuir, qu'elle n'aurait pas d'autre occasion. Mais le jeune gaïjin allait mourir et le monstre rouge la rattraperait vite. Révoltée, elle ramassa une grosse pierre, la leva à deux mains et se jeta en avant.

Tout se joua en un instant. Matthew le

rouge se rua sur Jarnouen en hurlant, poignard levé, et feinta vers le visage pour mieux frapper à la poitrine. Le garçon se laissa tomber au sol et roula sur le côté, essayant d'éviter le coup et de contre-attaquer à la cuisse. Rumiko jeta la pierre de toutes ses forces sur les reins du géant.

Le poignard de Matthew le rouge fendit la joue et l'oreille droites de Jarnouen tandis que le kriss du garçon tranchait net les ligaments du genou de son adversaire.

Matthew le rouge grogna de douleur. Sa jambe se déroba sous lui. Il roula sur le sol et bascula dans le vide. Ses doigts griffèrent la roche nue sans trouver de prise. Jarnouen se jeta sur le ventre pour tenter de le retenir, mais ne put qu'effleurer ses doigts. Un hurlement lui vrilla les tympans, puis cessa brusquement. Il se pencha. Le corps tordu du gabier rougissait un amas de cailloux au pied de l'éperon.

Jarnouen se redressa, le cœur au bord des lèvres. Il voulut se lever et descendre voir si Matthew le rouge était mort mais n'y parvint pas. Son bras pesait des tonnes et sa tête lui faisait terriblement mal.

Aussitôt son coup porté, affolée par son geste, Rumiko avait tourné les talons et couru de toutes ses forces. Le hurlement de Matthew le rouge avait jailli au moment où elle atteignait les premiers sapins. Elle s'abrita derrière un tronc le temps d'un rapide coup d'œil vers l'éperon et vit le jeune gaïjin s'allonger pour regarder vers le bas, essayer sans succès de se redresser puis s'affaisser.

Elle resta longtemps à observer. L'horrible géant ne réapparaissait pas. Le soleil montait lentement vers le zénith. Le jeune gaïjin était immobile. La raison soufflait à Rumiko de courir se cacher dans la mine. Mais pouvait-elle laisser seul, blessé, un garçon qui avait risqué sa vie pour elle ?

Jarnouen rêvait que le bord d'un verre rempli d'eau fraîche se frayait un chemin entre ses lèvres. Il entrouvrit la bouche. Un filet d'eau y coula. Il but avec délices, ouvrit les yeux, découvrit un bol tenu par une main minuscule et rencontra le regard de Rumiko. Elle baissa les yeux aussitôt, remplit le bol à une jarre de terre cuite et lui servit de nouveau à boire.

Quand Jarnouen eut englouti trois bols entiers, la fillette approcha de sa bouche une assiette de bois sur laquelle étaient posés plusieurs de ces rouleaux de riz enveloppés d'algues séchées qu'il avait appris à aimer. Rumiko saisit délicatement un rouleau entre ses baguettes et l'approcha de sa bouche. Il se laissa nourrir.

Quand il fut rassasié, il pensa à ses blessures et découvrit avec stupéfaction que son bras et sa joue avaient été lavés et pansés. Moitié par mots, moitié par gestes, il remercia la fillette. Elle inclina le buste à plusieurs reprises et lui retourna un incompréhensible gazouillis.

Rumiko tentait d'expliquer au jeune gaïjin qu'ils devaient gagner la mine. Voyant qu'il ne comprenait pas, elle se résolut à lui indiquer par gestes de la suivre.

La nuit tombait lorsqu'ils atteignirent la mine abandonnée. Rumiko alluma la lampe à huile, aménagea une couche de feuilles sèches dans l'encoignure la plus éloignée de celle où se trouvait sa propre couche et fit signe au garçon de s'y étendre. Très vite, ses yeux se fermèrent et il s'endormit.

Rumiko l'observa. Il n'était vraiment pas beau, avec son nez encore plus long que celui de Mme Michiko, son menton pointu et ses cheveux clairs, frisant sur la nuque. Mais il avait les jambes longues et droites, le corps musclé et surtout des yeux éton-

nants. Rumiko ne les avait regardés que furtivement, mais elle les avait bien vus : ils étaient bleus comme la mer au milieu de l'été et ils mangeaient son visage tant ses paupières s'ouvraient largement.

Elle le regarda longtemps dormir, se demandant comment il s'appelait, d'où il venait, s'il retournerait dans son pays quand il serait guéri. Puis elle éteignit la lampe à huile et le veilla dans le noir, attentive à son souffle, prête à lui servir à boire ou à manger. Tard dans la nuit, la conscience lui vint qu'il était destiné à mourir sous les coups des samouraïs. Elle pleura longtemps sans bruit. Puis, à bout de larmes, elle décida de le sauver au péril de sa propre vie, comme il l'avait sauvée du géant rouge.

SEULS AU MONDE

Les jours qui suivirent, Rumiko ne ménagea pas sa peine pour que Jarnouen se rétablisse au plus vite. Attentive au moindre de ses besoins, elle lui préparait et lui servait à manger, allait chercher de l'eau au torrent voisin pour le désaltérer et le laver, renouvelait tous les soirs l'emplâtre d'algues séchées de sa blessure. Le garçon n'avait jamais été soigné ainsi. Il en fut gêné au début. Puis il s'y habitua et y prit goût, continuant à se laisser servir alors même qu'il reprenait des forces.

Quand il découvrit que la fillette portait au poignet droit une pièce d'un penny attachée à une cordelette, il voulut savoir comment elle lui était parvenue, dans ce pays fermé au reste du monde. Si Rumiko saisit sa question, Jarnouen ne comprit rien à ses explications concernant la mine, le vieux Langue Coupée et le boyau submergé.

Ils s'apprirent leurs noms, dont la prononciation par l'autre les fit beaucoup rire, puis quelques mots simples : manger, boire, dormir, eau, riz, soupe.

Les provisions de Rumiko baissaient vite. Elle eut beau se priver, l'appétit du jeune gaïjin vint vite à bout de ses réserves.

Que pouvait-elle faire ? Cacher Jarnouen au village, dans la cabane de Mme Michiko ? Cela lui semblait risqué. Y retourner seule et lui porter à manger toutes les deux ou trois nuits ? Cela demanderait de longues heures de marche après une journée de pêche et Rumiko doutait d'avoir la résistance nécessaire. Une idée lui vint. Avec des gestes et les quelques mots qu'ils partageaient, elle l'expliqua. Le garçon ne comprit pas complètement, mais, mis en confiance par tout ce qu'elle avait fait pour lui, il accepta de la suivre.

À la nuit tombée, sous une lune naissante et une myriade d'étoiles, Rumiko entraîna Jarnouen à travers le roncier, puis sur le chemin qui menait au village. Un peu avant d'atteindre ce dernier, il empruntèrent un sentier pentu et tortueux qui les conduisit jusqu'à la mer, calme comme un lac. Rumiko se dissimula derrière un gros rocher pour se dévêtir, plia soigneusement son kimono en un petit carré qu'elle ajusta sur sa tête avec sa ceinture et se mit à l'eau. Jarnouen la suivit, ses espadrilles de marin autour du cou et sa chemise nouée sur la nuque.

La fillette le conduisait à la grotte où elle s'était réfugiée pendant la tempête avec Mme Michiko. Là, elle pourrait le nourrir avec des fruits de mer récoltés tôt le matin près de l'entrée. Elle cuirait de la soupe miso dans la marmite que les amas y laissaient depuis la tempête et ils se désaltéreraient de l'eau douce qui ruisselait de la paroi. Si des amas venaient, ils se cacheraient dans les éboulis du fond de la grotte.

Le trajet fut une formalité pour Rumiko. Il en alla bien autrement pour Jarnouen, moins bon nageur, gêné par son pantalon qui lui collait aux cuisses.

La mer était haute et inondait presque entièrement l'entrée de la grotte quand ils l'atteignirent. Rumiko dut plonger et revenir trois fois avant que le garçon ose la suivre. Quand il émergea dans ce qui lui parut une nuit sans limites, il poussa un cri de frayeur, que l'écho répercuta une dizaine de fois. Rumiko cria leurs deux noms.

L'écho renvoya une multitude de « Ru-miko ! » et « Jar-nou-en ! » qui les fit éclater de rire. Le rire de l'écho accompagna leur nage dans l'obscurité.

Parvenus sur la grève, ils eurent bien du mal à se frayer un chemin jusqu'au foyer et à la niche où les amas laissaient la marmite avec un bol, un briquet, de la bourre de coton, des algues séchées et des brindilles. La bourre grésilla, fit naître une flammèche que Rumiko nourrit d'algues et de brindilles. Jarnouen y ajouta des copeaux de bois d'épave taillés avec son kriss. Le feu monta, éclairant la plage recouverte de débris de bois, de morceaux de voile et de cordages entremêlés dans des monceaux d'algues arrachées au fond de la mer par les vagues géantes.

Un espoir fou traversa Jarnouen : y aurait-il dans cet amas un coffre de canot avec son outillage ? Il ramassa un morceau d'aviron, un emmêlement de fil à voile et une pièce de toile goudronnée, en fit une torche de fortune et partit en exploration.

Rumiko fabriqua une autre torche avec un mélange d'algues séchées et de bourre de coton fixé à l'extrémité d'un gros bambou et commença une récolte de feuilles de nori, d'anémones de mer et d'anatifes dans

les masses de goémon, pour préparer une soupe.

Ce que Jarnouen découvrit en allumant sa troisième torche dépassa ses espérances : le petit canot du *Chardon noir* gisait dans un coin de grève, la proue éclatée, sans gréement ni gouvernail, mais avec son coffre intact, encore pourvu de son cadenas, et ses tonnelets à eau douce arrimés sous les bancs de nage. Il taillada le bois autour de la patte de fermeture du coffre et l'arracha. Tout était là : l'outillage, les jeux de voiles, la boussole, les briquets, les clous, les écheveaux d'étoupe, le pot de poix, les bobines de fil à voile et bien d'autres merveilles !

Enthousiasmé, il courut chercher son amie et lui montra son trésor, expliquant qu'il avait tout l'outillage nécessaire pour remettre le canot en état. Rumiko ne comprit pas. Elle était bien incapable d'imaginer qu'il puisse reconstruire la proue, le gouvernail et le gréement de cette embarcation étrange, encore moins qu'il veuille partir avec elle vers le large. Mais le fil à voile l'émerveilla. Elle n'avait jamais tenu dans ses mains un fil si fin et si résistant. Amusé, Jarnouen en coupa trois brassées et les lui offrit. Elle s'inclina très bas sept fois pour le remercier de son précieux cadeau.

Elle se rendit alors compte, à sa grande confusion, qu'elle avait abandonné sa soupe en train de cuire alors que Jarnouen n'avait rien mangé depuis longtemps. Elle l'entraîna vers le foyer, remplit le bol et le lui tendit à deux mains. Le garçon avait complètement oublié la faim qui le tenaillait. Le bouillon d'algues, où nageaient des petits morceaux aussi caoutchouteux que de la chair de bernique, lui réchauffa l'estomac mais le rassasia à peine.

La nuit tirait à sa fin. La marée avait commencé à descendre et le jour naissant entrait dans la grotte, l'éclairant d'une faible lueur. De multiples débris flottaient sur l'eau calme. Jarnouen pensa qu'une équipe de charpentiers trouverait là de quoi construire une embarcation capable de faire voile jusqu'à Jersey ! Il s'interdit de rêver. Réparer le canot et le remettre à l'eau était bien le maximum de ce qu'il pouvait réaliser avec l'aide de Rumiko. Après, il partirait vers le sud, en espérant toucher Taïwan sans avoir croisé un cyclone ou rencontré des pirates. Là-bas, il louerait sa compétence d'apprenti charpentier, jusqu'à ce qu'un navire européen de passage accepte de l'embarquer contre le secret de la fortune qui gisait maintenant au fond de la baie d'Aïkawa.

Mais un canot, des outils et des tonnelets

d'eau douce ne suffiraient pas à sa navigation. Il devait embarquer un bon mois et demi de nourriture : deux tonnelets de biscuits de mer ou de galettes de riz, un tonnelet de viande salée ou de poisson fumé, deux ou trois douzaines de volailles vivantes, et si possible un plein cruchon de jus de citron ou de chou aigre pour se protéger du scorbut.

Il expliqua tout cela à Rumiko, laborieusement. L'adolescente finit par comprendre que son gaïjin voulait bel et bien partir de l'autre côté de la mer avec un monceau de nourriture. Elle essaya d'imaginer le temps qu'il lui faudrait pour préparer les feuilles de nori qu'elle échangerait contre le riz nécessaire, pour remplir de chair de coquillage conservée dans du vinaigre de riz les tonnelets que lui montrait le garçon. Cela lui prendrait plusieurs mois, à condition qu'elle dispose d'un baquet en bon état et qu'elle puisse plonger dans les meilleurs coins. Mais comment cacherait-elle aux autres amas qu'elle rassemblait cet énorme stock de nourriture pour un diable étranger ?

Jarnouen comprit que ses besoins dépassaient les capacités de Rumiko. Mais il ne pouvait pas rester longtemps dans cette grotte, où il serait immanquablement décou-

vert. Aussitôt le canot réparé et mis à l'eau, dans dix jours au plus, il partirait et se procurerait d'une manière ou d'une autre les provisions nécessaires.

AU-DELÀ DE LA MER

Tandis que Jarnouen taillait, ajustait, assemblait, calfatait, il cherchait une solution pour constituer ces provisions sans lesquelles son voyage ne serait qu'un suicide.

Chaque matin, aux premières lueurs de l'aube, Rumiko plongeait près de l'entrée de la grotte pour récolter des fruits de mer avant que des yeux indiscrets s'étonnent de sa présence. Jarnouen l'accompagnait, désireux de comprendre comment elle pouvait rester si longtemps sans respirer. Il s'essayait à l'imiter, remontant presque aussitôt, crachant et toussant, mais progressant peu à peu.

La pêche quotidienne de Rumiko ne leur laissait que quelques poignées de coquillages à mettre en réserve après s'être rassasiés. Des générations d'amas avaient plongé là. Seules abondaient les algues arrachées du fond par les grandes vagues. La fillette en avait étalé des quantités impressionnantes sur les roches pour les faire sécher. Mais elles ne nourrissaient pas comme des pois ou du riz.

Quand elle ne préparait pas les repas, Rumiko se tenait à côté de Jarnouen, le regardant travailler, prête à saisir l'outil ou la pièce de bois qu'il lui demanderait, découvrant avec admiration un savoir-faire dont elle ignorait tout.

Onze jours après leur arrivée dans la grotte, les deux adolescents unirent leurs forces pour mettre le canot à l'eau, le tirant sur des rouleaux taillés dans des tronçons de mât avec un palan fait de deux poulies et de gros cordages dénichés au milieu des débris. L'embarcation à flot, Jarnouen essaya d'abord les avirons qu'il avait façonnés en retaillant et assemblant des espars brisés. Satisfait de leur tenue, il dressa le mât qu'il avait fabriqué, monta le gréement, hissa les voiles et rêva un instant. Il lui suffisait de replier le gréement et de glisser le canot sous la voûte de l'entrée à marée basse pour être en route vers Taïwan. Mais il avait à peine une semaine de nourriture à emporter.

Sa réflexion fut brutalement interrompue par des ordres gutturaux criés à l'extérieur de la grotte. Il engagea le canot dans un boyau, l'arrima à un gros rocher et serra Rumiko contre lui, la main sur sa bouche.

Un radeau portant deux samouraïs allongés, tenant des torches, fut poussé par des nageuses sous la voûte de l'entrée. Les deux guerriers se firent conduire d'un point à l'autre de la grotte, explorèrent l'amas de débris sur la plage, puis les galeries du fond de la caverne. Ils ne trouvèrent rien. Le matin, Rumiko prenait bien soin d'éteindre son feu de la nuit et de disperser les cendres dans l'eau. Seul le canot pouvait les trahir. Mais les samouraïs ne pensèrent pas à explorer le boyau où ils se cachaient.

Aussitôt le groupe reparti, Jarnouen ôta sa main de la bouche de Rumiko, qui n'avait ni bougé ni tenté d'émettre un son. Il découvrit alors avec stupeur que son autre main tenait la pointe du kriss tout contre la gorge de l'adolescente. Honteux, il lâcha son arme, l'entoura de ses bras et la serra contre lui en chuchotant :

– Pardonne-moi... Pardonne-moi... Je ne me suis pas rendu compte. Tu sais bien que je ne t'aurais pas fait de mal.

Rumiko comprit que Jarnouen s'en voulait de l'avoir effrayée. Elle se laissa cajoler. Seule sa mère avait eu envers elle des gestes tendres. Mais l'émotion était là toute différente et l'envie que Jarnouen l'embrasse monta en elle, mêlée d'une douce tentation de répondre à ses caresses.

Jarnouen éprouvait la même envie, non pas douce, mais impérieuse. Il s'écarta de Rumiko, libéra les amarres du canot et souqua énergiquement, noyant sa tentation dans un effort physique violent. À chaque traction, il regardait Rumiko, assise sur le banc de poupe, qui le fixait sans rien dire. La pénombre masquait l'expression de son visage. Ému, il prit conscience que si elle montait dans le canot et s'asseyait à cette place au moment du départ, il en serait heureux.

Aucun conflit intérieur ne troublait Rumiko. Elle était déterminée à suivre Jarnouen où il irait, même s'il retournait dans son pays de l'autre côté de la mer. Mais comment le convaincre de l'emmener ? Et comment rassembler assez de nourriture pour eux deux ?

Elle était stupide ! Elle aurait dû y penser dès le premier jour ! Bien sûr, elle devrait dominer sa peur et le sachet avait pu être emporté. Mais pourquoi ne pas essayer ? Elle bondit sur ses pieds, se pencha sur le coffre du canot et demanda par signes à

Jarnouen l'autorisation de l'ouvrir. Il acquiesça. Elle ouvrit le coffre, y prit la grosse lime qui avait servi deux jours plus tôt à refaire les ferrures du gouvernail, et entreprit d'expliquer son idée.

La nuit tombée, ils quittèrent la grotte sur un radeau fait des morceaux de mât qui avaient permis de remettre le canot à l'eau, pagayant avec des planches. Ils naviguèrent longtemps, dans la faible lueur d'une nuit presque sans lune. Parvenus au pied d'une grande faille déchiquetée par les tempêtes d'hiver, ils débarquèrent dans un abri entre deux rochers et s'y cachèrent.

À l'aube, Rumiko plongea dans la faille avec ses lunettes d'ama. Elle retrouva vite la grande grille qui fermait l'entrée du boyau menant à la mine et les deux barreaux tordus. La vue de quelques ossements blanchis, coincés dans des anfractuosités de roche en partie recouverts d'algues et de concrétions, lui souleva le cœur. Appuyant avec émotion ses tempes contre les barreaux tordus, elle se demanda comment elle avait pu y glisser sa tête et imagina un instant avec quel désespoir le vieux Langue Coupée avait tenté d'y forcer la sienne.

Elle remonta en surface et plongea de nouveau. À la cinquième plongée, elle le trouva. Il était coincé entre deux roches, comme Mme Michiko le lui avait raconté. Des algues et des concrétions le couvraient presque entièrement, mais Rumiko le reconnut sans hésitation : c'était bien le petit sachet de cuir rempli de poudre d'or qu'elle avait porté au cou. Il était largement hors de portée de son bras. Toute tentative pour le dégager avec un bâton aurait pour seul effet de le faire disparaître au fond de la faille. Le seul moyen de l'atteindre était de limer un barreau.

Fébrile, Rumiko retourna expliquer à Jarnouen qu'elle avait trouvé ce qu'elle cherchait. Ils amarrèrent à la grille leur radeau. Il paraîtrait une épave aux yeux d'un observateur lointain. Puis, la grosse lime à la main, Rumiko plongea s'attaquer au barreau qui lui semblait le moins solide. Jarnouen, en la suivant, comprit avec effroi le travail de titan qu'elle entreprenait. Il remonta aussitôt, à bout de souffle.

Lorsque Rumiko fit surface, elle expliqua qu'elle était parvenue à donner quinze coups de lime au barreau. Après s'être reposée un instant, elle prit une grande inspiration et replongea. Elle recommença une trentaine de fois avant de perdre le compte de ses plongées. Deux fois, Jarnouen la relaya. Il ne parvint qu'à donner quelques coups de lime maladroits avant d'être obligé de remonter, les poumons en feu.

Rumiko s'épuisait. Ses traits se creusaient, ses gestes se faisaient plus lents, elle restait plus longtemps en surface. Mais elle continuait. Jarnouen finit par la ramener presque de force à l'abri entre les deux roches. Ses lèvres étaient violettes. Elle grelottait, tenait à peine debout. Le garçon l'enveloppa dans son kimono et la frotta énergiquement pour la réchauffer.

Dès qu'elle eut repris un peu de vie, elle se hâta de dérouler le morceau de toile dans lequel elle avait emporté deux rouleaux d'algues séchées remplis de chair de châtaigne de mer et tendit le plus gros à Jarnouen en s'inclinant. Mais il la força à s'asseoir, la serra contre lui et lui fit avaler les deux rouleaux bouchée après bouchée, malgré ses protestations.

Nourrie, réchauffée, Rumiko se remit à la tâche. Elle plongea une quarantaine de fois avant de remonter au bord de l'évanouissement, mais heureuse : le barreau était coupé. Après quelques instants de repos, elle redescendit y attacher le filin qui avait servi à amarrer le radeau et expliqua laborieusement à Jarnouen ce qu'il devait faire. Le garçon comprit. Le filin n'était pas assez long pour lui permettre de tordre le barreau en prenant pied sur les rochers du bord. Il devait assurer son appui sur la grille elle-même. Il prit une longue inspiration, plongea, posa les talons sur les barreaux voisins de celui qui était coupé, se passa le filin sur l'épaule et tira de toutes ses forces.

Le barreau plia légèrement. Jarnouen ferma les yeux, tira encore, puis se lança vers le haut au bord de l'asphyxie. La mer envahit ses poumons quand il creva la surface. Rumiko dut le soutenir pendant qu'il recrachait ce qu'il avait bu et le traîner jusqu'à leur radeau.

Lorsque Jarnouen eut reprit son souffle, la petite japonaise plongea une fois de plus. Elle resta très longtemps sous l'eau, si longtemps que le garçon la crut perdue. Il voulut partir à sa recherche. Mais il se rendit compte à sa grande honte qu'il n'en avait plus la force.

Ne sachant que faire, il nagea vers leur abri entre les roches, se hissa hors de l'eau et se retourna vers le radeau auprès duquel son amie aurait dû refaire surface depuis longtemps. L'avait-elle abandonné pour s'enfuir par le boyau ? S'était-elle noyée ? Il rejeta les deux hypothèses, s'accrochant à un impossible espoir.

Une tête fit surface à côté du radeau. C'était elle ! Il cria de joie, l'appelant. Elle nagea vigoureusement vers lui, fendant l'eau dans un rayon de soleil qui dorait les verres de ses petites lunettes. Il comprit tout à coup, en la voyant ainsi, d'où venait la légende des sirènes aux yeux d'or de la mer du Japon, qui circulait à bord des navires de la flotte.

Rumiko lui tendit un petit sachet de cuir sale et gluant, expliquant quelque chose d'une voix joyeuse. Il l'aida à sortir de l'eau, la serra dans ses bras et se laissa entraîner par elle vers leur abri. Sur sa demande, il coupa le lacet qui fermait le sachet. Ébahi, il découvrit la poudre d'or.

À la nuit tombée, Rumiko et Jarnouen regagnèrent la grotte avec leur fortune. Deux heures avant le jour, à marée basse, ils sortirent le canot de la grotte, montèrent son gréement et firent voile vers l'est, poussés par une brise légère qui annonçait l'approche de l'aube. Un peu plus tard, ils virent grandir devant eux le chapelet d'îlots où les pêcheurs du village de Mme Michiko posaient leurs casiers à la saison des langoustes. Une vingtaine de familles vivaient là du produit de minuscules rizières en terrasses et d'un grand filet barrant la mer d'îlot en îlot.

Le soleil était déjà haut dans le ciel quand ils repartirent, leur sachet de poudre d'or plus léger et leurs tonnelets remplis de riz et de poisson séché. Une bonne brise levait des moutons sur la crête des vagues. Jarnouen mit cap au sud-sud-ouest et borda les voiles. Le canot prit de la vitesse, taillant gaillardement sa route vers le large.

Assise sur le banc de nage, se tenant ferme au bordé, Rumiko regardait les falaises de Sado, maintenant presque invisibles dans le lointain. Elle pensait au trajet qu'elle avait parcouru, quelques heures plus tôt, de la grille jusqu'à la grande fosse au fond de la mine. Il lui avait paru si court, si facile, par rapport à ses souvenirs. Elle avait fait surface sans bruit. Rien n'avait changé, ni le couinement des grandes vis sans fin ni les efforts des tourneurs de manivelle. Mais les quelques torches allumées n'éclairaient que des visages inconnus.

Rumiko avait nagé silencieusement jusqu'au bord, posé la grosse lime sur une roche plate et rêvé un instant de remonter les galeries, de se jeter dans les bras de sa mère et de repartir avec sa bénédiction.

Sentant des larmes monter à ses paupières, elle avait ajouté à côté de la lime une coquille d'oreille de mer portant gravé le petit visage souriant qui était sa marque. Puis elle avait nagé en arrière, doucement, jusqu'au fond de la grande fosse et, après un dernier regard, elle avait réajusté ses lunettes d'ama, pris son souffle, plongé et franchi de nouveau le boyau, vers l'aventure.

La brise de mer caressait son visage. Elle se tourna vers Jarnouen et l'observa. Il était en train de fixer la barre en position avec un morceau de filin, pour ne pas avoir à la tenir constamment. Un rayon de soleil jouait dans les boucles de sa nuque. Rumiko souhaita qu'il tourne les yeux vers elle. Il sentit son regard, leva la tête et lui sourit. Elle lui rendit son sourire, se retourna vers les falaises de Sado, ferma les yeux et rêva qu'il se levait pour venir la serrer contre lui. Deux mains se posèrent sur ses épaules. Elle ferma les yeux plus fort. Où il irait, elle irait.

informations

cascade

LE RIZ

Le riz est l'aliment de base au Japon : chaque Japonais en consomme 184 kilos par an ! D'ailleurs, le mot japonais « gohan », qui signifie « riz », signifie aussi « repas ».
C'est une plante sacrée qui est offerte aux dieux dans les temples. Elle a d'ailleurs sa propre déesse, Inari, et elle est l'objet de fêtes solennelles : le 10 juin de chaque année, l'empereur en personne met en terre le premier plant dans la rizière sacrée du temple d'Inari.

L'ÎLE DE SADO

L'île de Sado est située au centre du Japon, à quelques kilomètres à l'ouest de la grande île de Honshu où se trouve la capitale, Tokyo.
L'île abrite actuellement une population de 467 000 habitants qui vivent principalement de la culture du riz, de la pêche et du tourisme. Mais autrefois, elle servait de bagne pour les exilés politiques. L'un des prisonniers les plus célèbres fut l'empereur Juntoku, au XIIIe siècle, qui y vécut les vingt dernières années de sa vie.
En 1601, on découvrit de l'or, près d'Aïkawa. C'est la seule mine d'or du Japon, presque épuisée aujourd'hui. Elle fut exploitée durant des siècles par des forçats, grands criminels ou prisonniers politiques, qui travaillaient dans des conditions extrêmement dures. Dans les anciennes galeries aujourd'hui transformées en musée, sont exposés de nombreux objets et outils leur ayant appartenu.
Aïkawa est également connue pour ses poteries d'argile ocre extraite des anciennes mines d'or.

LE JAPON MODERNE EN CHIFFRES

Le Japon est formé de 3 922 îles et îlots. Les quatre îles les plus importantes sont Honshu, Hokkaido, Kyushu et Shikoku.

Sado, qui est la cinquième par la taille, est beaucoup plus petite. Leur relief est constitué pour 70 % de montagnes. 532 sommets culminent à plus de 2 000 m. 77 volcans sont en activité et les tremblements de terre très fréquents.

Le Japon est un pays de mousson, il y pleut toute l'année. Il est régulièrement dévasté par des typhons et des raz-de-marée, appelés *tsunamis*.

Le pays compte 126 millions d'habitants (58,1 en France) répartis sur moins du quart du territoire, soit 333 habitants au km^2 (105,6 en France). Un Japonais sur deux habite dans l'une des trois villes géantes, Tokyo, Osaka, Nagoya.

Tokyo est la capitale avec 13,5 millions d'habitants (plus de 28 millions avec la banlieue). À côté, Paris fait figure de village avec ses 2,5 millions d'habitants !

Les noms de famille les plus courants sont Sato (2 millions), Suzuki (2 millions) et Yamamoto (1 million).

La fête nationale a lieu le jour de l'anniversaire de l'empereur régnant (23 décembre). Il y a aussi la fête des Filles appelée la fête des Poupées le 3 mars et la fête des Garçons le 5 mai.

UN REPAS AU JAPON

Le plat principal est appelé shushoku, il se compose de riz cuit, ou gohan, accompagné des okasu, poissons, viandes ou légumes qui servent d'assaisonnement. Chaque convive tient son bol de riz dans la main gauche et ses baguettes dans la main droite, même s'il est gaucher. Il prend alternativement une boulette de riz et une bouchée de l'un des plats d'accompagnement.
Le riz est parfois servi avec une soupe, le miso, à base de pâte de haricots de soja fermentée.
Comme boisson, on sert à tous les repas du thé vert, ou ryokucha. Les adultes aiment bien terminer avec un petit verre de saké, un alcool de riz fermenté.

Quelques plats typiques :

Sukiaki : plat composé de bœuf, piment, légumes coupés en lamelles et pousses de soja mijotées dans du saké.

Sushi : boulettes de riz au vinaigre, surmontées de poisson cru, de langoustine bouillie ou d'omelette sucrée.

Yakitori : brochettes de poulet et légumes.

LES DROITS DE L'ENFANT

Le 20 novembre 1989, plusieurs États membres de l'O.N.U. ont signé une Convention internationale des droits de l'enfant pour mieux protéger les enfants à travers le monde. Voici quelques-uns de ses articles.

Art. 3 : Les États s'engagent à assurer à l'enfant la protection et les soins nécessaires à son bien-être, compte tenu des droits et des devoirs de ses parents.

Art. 9 : On ne peut séparer un enfant de ses parents contre leur gré.

Art. 19 : L'enfant doit être protégé contre toute forme de violence, d'atteinte ou de brutalités physiques ou mentales, d'abandon ou de négligence, de mauvais traitements ou d'exploitation.

Art. 28 : Les enfants ont droit à l'éducation, et notamment à l'enseignement primaire, gratuit et obligatoire.

Art. 31 : L'enfant a droit au repos et aux loisirs ; au jeu et activités récréatives.

Art. 32 : L'enfant ne peut être astreint à aucun travail susceptible de compromettre son éducation ou nuire à sa santé.

Art. 34 : L'enfant doit être protégé contre toutes les formes d'exploitation et de violence sexuelles.

LES ENFANTS ESCLAVES

La Convention internationale des droits de l'enfant est très claire : le travail des enfants est interdit lorsqu'il nuit à leur éducation ou à leur santé. Or 100 à 200 millions d'enfants de moins de quinze ans travaillent aujourd'hui dans le monde, dans des conditions inacceptables, souvent proches de l'esclavage. La moitié d'entre eux se trouve dans les pays d'Asie du Sud-Est mais leur nombre augmente constamment en Afrique et en Amérique latine. En Europe, ils sont plus de deux millions…

Qui sont ces enfants ? À la ville, ils sont issus en majorité de familles misérables n'ayant plus les moyens de les nourrir. Alors, très jeunes, ils apprennent à se débrouiller seuls, vendant au coin des rues quelques cigarettes ou menus objets étalés sur un mouchoir, proposant leurs services pour porter des paquets, laver des voitures. Ils sont vite repérés par des trafiquants de toutes sortes, embauchés comme domestiques dans des familles qui les exploitent honteusement ou dans des petites entreprises qui trouvent ainsi une main-d'œuvre très bon marché.

Dans les campagnes, la situation des enfants n'est pas plus enviable. Aller à l'école est un luxe que presque personne ne peut s'offrir et les enfants participent très jeunes à des travaux des champs au-dessus de leurs forces. Il arrive que leurs parents les vendent contre une somme dérisoire à des trafiquants. Quand ils ont la chance d'échapper aux nombreux réseaux de prostitution enfantine, ils se retrouvent plus ou moins séquestrés dans des fabriques qui les exploitent. En Inde, parmi les enfants qui travaillent dans des usines d'allumettes, on en a dénombré cinquante mille de moins de cinq ans !

LES SAMOURAÏS

Les samouraïs (« homme qui sert » en japonais) étaient des guerriers redoutables, fidèles à leur chef jusqu'à la mort. Seuls les fils de samouraïs pouvaient devenir samouraïs. Dès leur plus jeune âge, ils apprenaient à suivre la voie du « budo », un code d'honneur très strict régissant « la vie du guerrier ». Pour atteindre la parfaite maîtrise de soi, développer le courage et la sagesse, ils pratiquaient les arts martiaux : kendo (combat au sabre), bo-jitsu (combat au bâton), judo, aïkido, karaté. Les techniques de combat à mains nues devaient leur permettre de triompher de leur ennemi même lorsqu'ils avaient perdu leurs armes.

Un samouraï n'a jamais peur, il est toujours prêt au combat et n'abandonne jamais la bataille avant de l'avoir gagnée. Outre ses adversaires le samouraï lutte aussi contre la misère, la lâcheté, le mensonge ou les fantômes. Il doit être le plus fort, le plus souple, le plus endurant, mais il doit aussi faire preuve de délicatesse, savoir composer des poèmes ou reconnaître l'arôme d'un thé.

En cas de faute, pour sauver son honneur ou simplement pour accompagner son shôgun tué au combat, il n'hésite pas à se faire hara-kiri en s'enfonçant son sabre dans le ventre.

SANS RESPIRER !

La plongée en apnée consiste à se déplacer sous l'eau sans aucune assistance respiratoire (bouteilles d'oxygène par exemple). Le film *Le Grand Bleu* a montré la passion des plongeurs pour les grandes profondeurs, leur désir de descendre toujours plus loin... et les conséquences parfois dramatiques que cela pouvait avoir pour leur santé.

Depuis 1970, les records de plongée en apnée ne sont plus homologués afin d'éviter les tentatives trop risquées. Ces records sont malgré tout contrôlés par la Fédération italienne de plongée sous-marine.

Officiellement, l'homme qui, au monde, peut rester le plus longtemps sous l'eau sans respirer est le Français Andy Le Sauce : 7 minutes 6 secondes ! Mais c'est un Italien, Umberto Pelizzari, qui est descendu le plus bas, avec des palmes mais sans l'aide de poids ou de bouées (pour descendre ou remonter plus vite) : il a atteint 70 mètres en 1993. Franck Messegué, un autre Français, a parcouru la plus grande distance : en plongeant 234 fois à plus de 20 mètres de profondeur, il a parcouru (en apnée) plus de 10 kilomètres en 24 heures.

Ces dossiers ont été réalisés en collaboration avec Nicole Bustarret.

L'AUTEUR

Michel Girin vit près de Brest. Il est docteur, non pas en médecine, mais en océanographie biologique. Cela ne veut pas dire qu'il soigne la mer, mais toute sa vie professionnelle touche aux sciences de l'océan : pêche, aquaculture, pollution, dans le monde entier.
C'est au cours de ses multiples voyages, qu'il a commencé à écrire des histoires, pour faire découvrir à ses propres enfants un peu de la vie des pays qu'il parcourait, loin des circuits banalisés du tourisme international. Au hasard d'une rencontre dans une grande ville ou au détour d'une piste, des enfants dont le visage ou les gestes l'avaient frappé sont devenus des personnages autour desquels se sont construites des histoires.

L'ILLUSTRATRICE

Catherine Huerta est américaine. Elle est née en 1950 à Tucson, dans l'Arizona et elle a grandi dans une réserve indienne navajo. Diplômée de l'université d'Arizona et des Beaux-Arts de Californie, elle a travaillé une quinzaine d'années à New York en tant qu'illustratrice. Depuis 1995, elle s'est installée à Paris.

cascade

9-10 ans

ALBERT A LA BERLUE
Michel Le Bourhis.

UNE AMIE GÉNIALE
Sandrine Pernusch.

L'ATTAQUE DE L'OURS
Alain Surget.

AU BOUT DU CERF-VOLANT
Hélène Montardre.

AU SECOURS MÉLUSINE !
Yvon Mauffret.

LES AVENTURES D'UN CHIEN PERDU
Dagmar Galin.

LA BANDE DE FORT APACHE
Jacques Asklund.

BIEN JOUÉ MÉLUSINE !
Yvon Mauffret.

BILLY CROCODILE
Yves-Marie Clément.

ÇA CHAUFFE À LA MAISON
Nadine Walter.

CET ÉTÉ, ON DÉMÉNAGE
Anne-Marie Desplat-Duc.

CHUT… SECRET DE FAMILLE
Marie Dufeutrel.

CLAIR DE LOUP
Thierry Lenain.

CLASSE DE LUNE
François Sautereau.

LES CM2 À LA UNE
Catherine Missonnier.

LA COURSE AUX RECORDS
Lorris Murail.

DEUX POISONS DANS L'EAU
Chantal Cahour.

LES DISPARUS DE FORT BOYARD
Alain Surget.

LA DOUBLE CHANCE DE JULIETTE
Françoise Elman.

L'ENFANT CHEVREUIL
Roger Judenne.

ENQUÊTE ET PATINS À ROULETTES
Alice Hulot.

EXTRATERRESTRE APPELLE CM1
Catherine Missonnier.

LE GOUFFRE AUX FANTÔMES
Alain Surget.

LA GUERRE DE RÉBECCA
Sigrid Heuck.

LA GUERRE DES POIREAUX
Christian Grenier.

HISTOIRE DE LUCIEN
François Charles.

L'ÎLE AUX TORTUES
Michel Girin.

L'INCONNU DU QUATRIÈME
Alice Hulot.

J'AIME PAS LA NATURE
Gérard Bialestowski.

JEUX DE FAMILLE
Pascale Perrier.

LE JOURNAL SECRET DE MARINE
Sandrine Pernusch.

LE LÉVRIER DU PHARAON
Roger Judenne.

MA PREMIÈRE BOUM
Ségolène Valente.

MILLIONNAIRE À ONZE ANS
Andrew Norriss.

MON CHIEN VA À L'ÉCOLE
Chantal Cahour.

MON VOISIN EST UN PIRATE
Hervé Fontanières.

LE MOUSSE DU BATEAU PERDU
Yvon Mauffret.

MYSTÈRE À BORD
Catherine Missonnier.

MYSTÈRE À CARNAC
Michel-Aimé Baudouy.

MYSTÈRE AU CHOCOLAT
Didier Herlem.

MYSTÈRE ET HAMBURGER
Jean Alessandrini.

UN MYSTÈRE PRESQUE PARFAIT
Didier Herlem.

Cascade — 9-10 ans

ON T'AIME CHARLOTTE
Sandrine Pernusch.

PANIQUE EN 6e A
Catherine Missonnier.

PARIS-AFRIQUE
Yves Pinguilly.

PING-PONG AU CAMPING
Stéphane Daniel.

LA PLUS GRANDE LETTRE DU MONDE
Nicole Schneegans.

POUR UN PETIT CHIEN GRIS
Yvon Mauffret.

PREMIER EN FOOT
Catherine Missonnier.

QUI C'EST CELUI-LÀ ?
Lorris Murail.

LE SECRET DE L'OISEAU BLESSÉ
Betsy Byars.

SECRETS DE SORCIÈRES
Alice Hulot.

LA SIRÈNE AUX YEUX D'OR
Michel Girin.

S.O.S. URGENCES
Roselyne Bertin.

TAM-TAM POUR MÉLODIE
Alice Hulot.

TOUCHE PAS À MON PÈRE
Chantal Cahour.

DES VACANCES À HISTOIRES
Sandrine Pernusch.

VIVE LES PUNITIONS !
Guy Jimenes.

Cascade — Policier junior

DÉTECTIVE ZÉRO ZÉRO NUL
Michel Amelin.

LE MESSAGE DU REVENANT
Jacques Asklund.

CARTON ROUGE OU MORT SUBITE
Philippe Barbeau – Roger Judenne.

MISSION SECRÈTE POUR LE ZÈBRE
François Charles.

LE MYSTÉRIEUX CAR DE MOINS LE QUART
François Charles.

LES 7 CRIMES D'HONORÉ B.
François Charles.

LE SECRET DE L'AGENT SECRET
Stéphane Daniel.

C'EST QUOI CE TRAFIC ?
Gilles Fresse.

LA FILLE DU GANGSTER
Roger Judenne.

FANTÔME ES-TU LÀ ?
David Lubar.

L'OMBRE DU LOUP-GAROU
David Lubar.

PAS SORCIER D'ÊTRE UNE SORCIÈRE
David Lubar.

LE PIRE DES VAMPIRES
David Lubar.

UN AUTOMNE ROUGE SANG
Paul Thiès.

UN ÉTÉ BLEU CAUCHEMAR
Paul Thiès.

UN HIVER BLANC FRISSON
Paul Thiès.

UN PRINTEMPS VERT PANIQUE
Paul Thiès.

Achevé d'imprimer en mars 2000
sur les presses de l'Imprimerie Moderne de l'Est
25110 Baume-les-Dames
Dépôt légal : mars 2000
N° d'édition : 3412
N° d'impression : 14089